Erik Vogler

Beatriz Osés

Erik Vogler

et les Crimes du Roi Blanc

Traduit du castillan par Anaïs Goacolou

hachette
ROMANS

Référence bibliographique du poème cité dans le texte :
Goethe, *Ballades*, « Der Totentanz »
(« la Danse macabre »), traduit par Léon Mis, Flammarion, 1944.

Couverture : © Iban Barrenetxea

Traduit de l'espagnol (castillan) par Anaïs Goacolou

L'édition originale de cet ouvrage a paru
en langue castillane chez edebé sous le titre :
Erik Vogler y los crímenes del rey Blanco

Hachette Livre, 58 rue Jean Bleuzen, 92170 Vanves.

À mon père.

Chapitre I

Erreur de billets

Jamais Erik Vogler n'aurait pu imaginer ce qui allait lui tomber dessus ce soir-là. Il venait de passer plusieurs heures à préparer ses bagages. Il avait classé ses chaussettes de pure laine vierge par couleurs, ses vestes selon leur épaisseur et ses pantalons en fonction de leur usure. Ensuite, il avait placé dans une pochette de sa valise Chantel un petit nécessaire de couture et un coffret à cirage en cuir. Sur le lit attendaient encore deux ceintures parfaitement roulées sur elles-mêmes, plusieurs chemises de soie et une trousse de toilette. Pendant un instant, Erik contempla son œuvre avec fierté. Alors qu'il pliait ses caleçons fraîchement repassés, on frappa à la porte de sa chambre.

— Euh… je peux ? hésita son père en passant la tête par l'embrasure.

— Oui, entre, l'invita Erik. Je n'ai pas tout à fait terminé.

— Tu en es où ? demanda timidement son père.

— J'ai presque fini, mais je voudrais aussi empiler les chemises par ordre alphabétique.

— Par... ordre alphabétique ?

— Oui, d'après la marque ou la matière, je ne suis pas encore décidé. Tu t'es renseigné sur la température prévue demain à New York, je suppose ?

— Justement, je voulais t'en parler... En fait, il y a un petit problème pour le voyage.

— C'est-à-dire ? s'étonna son fils, sans cesser de tirer sur une fermeture Éclair intérieure de la valise.

— En fait... Tu te souviens que j'ai acheté les billets d'avion sur Internet, il y a peut-être deux mois de ça ?

Erik acquiesça et s'assit dans un fauteuil. Ce soir-là, il portait un pyjama à imprimé écossais et des pantoufles assorties, souvenirs rapportés d'Édimbourg par son oncle. Il dévisagea son père sans comprendre. Frank Vogler croisa les bras et déglutit, tardant à reprendre la parole. Enfin, il s'éclaircit la gorge et prit une inspiration :

— Je me suis trompé en faisant les réservations, débita-t-il à toute vitesse en le regardant dans les yeux.

Impossible ! Ça devait être une blague d'un goût douteux. Très cruelle. Mais devant l'air interrogateur de son fils, Frank confirma ses craintes par un hochement de tête. Erik lâcha l'écharpe de cachemire qu'il tenait à la main.

— Comment ça se fait ? se força-t-il à demander, le cœur battant.

Comme chaque fois qu'il devait annoncer une mauvaise nouvelle, son père se mordit la lèvre.

— J'ai acheté des billets pour le mois dernier. J'ai dû confondre en sélectionnant la date et je m'en suis aperçu ce matin en les imprimant.

— C'est pas possible, c'est pas possible, répéta Erik à voix basse, tentant de contenir sa colère.

— Du coup, j'ai passé tout l'après-midi à chercher d'autres billets, mais je n'ai pu trouver qu'une place sur notre vol.

— Je ne comprends pas.

— Il ne restait qu'un siège libre, répéta son père.

— Et ?

— Je l'ai pris pour moi, avoua-t-il, honteux.

— Bon, ce n'est rien, je peux attendre l'avion suivant, proposa Erik en s'efforçant de ne pas paraître désespéré. On pourrait se retrouver là-bas, à l'aéroport, ou alors j'appellerai un taxi pour te rejoindre à l'hôtel. Il y a sûrement une solution.

— Non, il n'y en a pas, trancha son père.

— Je vais tout de suite consulter les horaires et acheter un second billet. Ça m'est égal de voyager en classe économique s'il le faut, ajouta le garçon avec une lueur d'espoir.

— Erik, tu ne comprends pas. Les vacances commencent demain, et par malheur, tous les vols sont complets. J'ai tout essayé, je t'assure. Il est trop tard.

Tu ne vas pas pouvoir m'accompagner à New York cette fois-ci, j'en ai bien peur.

— Mais qu'est-ce que tu racontes ? balbutia Erik, qui bondit de son fauteuil.

— Ne t'en fais pas, fiston. Il y aura d'autres occasions, promis. Je suis vraiment désolé.

— Je le savais !!! Je te l'avais bien dit !!! se mit à hurler Erik, dans tous ses états. C'est moi qui aurais dû réserver ! J'avais TOUT calculé, papa, j'avais noté dans mon agenda plusieurs itinéraires à suivre dans la ville, une liste de restaurants et de musées recommandés, je connais par cœur les principales stations de métro de New York… Et regarde ! (Il ouvrit avec fureur une carte touristique, qu'il déplia sous son nez.) J'avais aussi numéroté les monuments selon leur date de construction, pour organiser notre visite. J'avais tout planifié, au millimètre près ! Et qu'est-ce que je vais faire, maintenant, hein ? Tu peux me le dire ? Qu'est-ce que je peux fabriquer ? Tu vas me laisser seul à Brême pendant toutes les vacances de Pâques ?

— Non. Tu iras chez mamie.

— Tu plaisantes ?

— Tu iras à Grasberg jusqu'à mon retour, répéta son père.

Erik Vogler s'évanouit aussitôt, sur le tapis arabe rapporté du Maroc par son oncle. Il tenait toujours le plan de New York auquel il avait consacré tant d'heures. Lorsqu'il se réveilla au milieu de la nuit, il était allongé dans son lit, sous sa couette, couvert de sueur froide, le cœur en miettes. Il était quatre heures du matin, et l'adolescent ne retrouva pas le sommeil avant le lever du jour.

Chapitre II

Loin de New York

Quand Erik entra dans la voiture de son père pour se rendre chez sa grand-mère plutôt qu'à New York, il sut que son cauchemar avait commencé. Frank Vogler l'observait du coin de l'œil dans le rétroviseur. Une raie sur le côté séparait les cheveux noirs gominés de son fils. Un silence étouffant s'était installé entre eux, rompu seulement par la pluie qui battait sur les vitres. Ils sortirent de la ville de très bonne heure.

Frank discernait, de temps en temps, le regard lourd de reproches lancé par son fils, et il se sentait coupable. Erik mettrait du temps à lui pardonner, il en était conscient. Pour se changer les idées, il chercha les informations de ce matin d'avril à la radio.

— *La jeune fille disparue la semaine dernière dans le quartier nord de Brême a été retrouvée morte,* annonçait une voix masculine. *On a découvert son cadavre il y a moins d'une heure, dans un parc de la banlieue de Hambourg. Pour l'instant, la police n'a identifié aucun suspect. L'inspecteur Gerber, chargé de l'enquête, n'a pas souhaité commenter les rumeurs qui établissent un lien entre ce crime et l'assassinat des deux autres adolescents disparus à Brême ces derniers mois.*

Mal à l'aise, Erik se tortilla sur son siège et fronça les sourcils.

— Tu ne pourrais pas mettre autre chose ? protesta-t-il en regardant par la vitre.

Son père chercha une station de musique classique. La pluie redoubla d'intensité. Avec la sixième symphonie de Beethoven en fond sonore, ils s'éloignèrent enfin de la ville et empruntèrent la route de Grasberg, la petite bourgade où vivait la mère de Frank.

Berta Vogler ne supportait pas son petit-fils. Elle avait essayé plus d'une fois, mais c'était au-dessus de ses forces. Ses manies, son obsession pour la propreté, son ton de Monsieur Je-sais-tout, sa façon si affectée de se moucher depuis tout petit… Tout chez lui la mettait hors d'elle. Quand elle avait reçu, la veille au soir, un appel de son fils pour lui annoncer qu'Erik passerait les vacances de Pâques chez elle, elle avait senti le sang affluer à son visage et avait porté la main à son cœur. Pour se calmer, elle avait inspiré profondément avant de répondre :

— Mais, Frank, tu sais bien que je ne suis pas très douée pour m'occuper de lui. En plus, ça fait longtemps qu'il ne vient plus me voir.

— Peut-être, mais…

— Je ne pense pas que ce soit une bonne idée, s'était-elle excusée en se laissant tomber sur son canapé poussiéreux.

— Justement, maman. Ça vous donnerait l'occasion de mieux vous connaître.

— Rappelle-toi le désastre, la dernière fois qu'il est venu ! (Silence au bout du fil.) Et ce n'était qu'une soirée, alors toute une semaine ? Imagine un peu !

— D'accord, mais c'était il y a presque trois ans, Erik a beaucoup changé depuis.

— N'essaie pas de m'embobiner ! Je suis sûre qu'il est toujours aussi imbuvable.

— S'il te plaît, l'avait suppliée Frank, qui s'était crispé sur le téléphone en baissant la voix au maximum. Tu te doutes que si je te le demande, c'est parce qu'il y a une urgence. Je me suis trompé en achetant les billets et, maintenant, je n'ai pas d'autre solution.

— Je ne m'en sens pas capable.

— S'il te plaît.

— Alors là, non. C'est niet !

— Tu es mon seul espoir ! avait insisté Frank.

— Tu ne peux pas engager quelqu'un pour s'occuper de lui ?

— Je n'ai pas le temps, maman ! Écoute, je rentre à Brême samedi prochain dans la nuit. Je viendrai chercher Erik à Grasberg dimanche, sans faute. Ce sera l'affaire d'une semaine, et tu verras, le temps va filer ! avait promis Frank, tâchant de se montrer persuasif.

— Bon, si vraiment il le faut. Mais je t'avertis, tu auras une sacrée dette envers moi.

« Une semaine avec la grand-mère. Une semaine… » marmonnait Erik entre ses dents. Ça équivalait à sept jours, soit cent soixante-huit heures. Dix mille quatre-vingts minutes. Six cent quatre mille huit cents secondes. « Je n'y survivrai pas », se disait-il à voix basse, les yeux toujours rivés sur la vitre de la voiture. Et pendant ce temps, son père grimperait au sommet de l'Empire State Building, se promènerait entre des gratte-ciel ou assisterait à une comédie musicale à Broadway. La vie était injuste. Profondément injuste. En tout cas, c'était ce que se répétait l'adolescent ce matin-là.

Tout à son affliction, il se rendit à peine compte que la pluie avait cessé. Il ne s'aperçut pas non plus que son père avait changé de station pour revenir aux informations, qui restaient centrées sur le meurtre de Sandra Nadel. Il vit encore moins le panneau marquant l'entrée de la commune de Grasberg ou les ruelles cahoteuses qu'ils traversaient.

Il avait les yeux emplis de larmes de rage et d'impuissance. Il venait de fêter ses quinze ans et pensait toujours à son plan des monuments de New York, aux préparatifs auxquels il avait consacré tant d'heures… Bientôt, ces images se confondirent avec le visage de sa grand-mère, cheveux blancs au vent, et il ne put réprimer le frisson qui lui parcourut l'échine.

— On est arrivés. Tu peux descendre de voiture, annonça soudain son père en se garant devant une vieille maison.

Erik ouvrit sa portière à contrecœur et s'exécuta. *Splatch !* Il venait de plonger ses chaussures dans une flaque.

— Mes Lombartini ! se lamenta-t-il.

Affolé, il sortit de l'eau et avança sur la pointe des pieds. À ce moment, un chat noir courut vers lui depuis le trottoir d'en face. En croisant le garçon, il le fixa de ses grands yeux jaunes et émit un miaulement menaçant.

Chapitre III

Sur le balcon

Une fois seuls, Berta et Erik s'observèrent en silence, debout face à face dans le salon. Le garçon avait à la main sa gigantesque valise. Sa grand-mère tenait une vieille couverture pelucheuse, à rayures orange et roses.

— Bon, commença Berta, je t'ai préparé une chambre à l'étage. Il fait plutôt froid à Grasberg, alors les couvertures ne seront pas de trop. Il n'y a pas d'horaire pour le petit déjeuner. Si tu as besoin d'autre chose…

— Non merci, mentit Erik.

Si, il avait besoin d'autre chose : savoir ce qu'il pouvait bien faire là, comment New York s'était soudain transformé en un rêve inaccessible et pourquoi la chevelure de sa grand-mère ressemblait à un embrouillamini de laine où on aurait pu trouver une fourchette aussi bien qu'un râteau.

Ils gravirent un grand escalier de bois qui craquait à chaque pas, comme s'il allait s'écrouler sous leurs pieds. De marche en marche, le garçon haletait et reprenait des forces pour soulever sa valise.

Ils parcoururent ensuite un long couloir étroit plongé dans la pénombre, pour arriver enfin à la dernière pièce de la maison.

— J'espère que ta chambre te plaira. Tu peux ranger tes habits dans l'armoire du fond, je t'ai dégagé des cintres. Je redescends, j'ai à faire à la cave, mais tu n'hésites pas, si jamais…

Ouvrant une porte jaune, elle lui tendit la couverture affreuse et s'esquiva.

— D'accord… murmura son petit-fils sans se décider à entrer.

Quand, enfin, il avança, sa grand-mère avait déjà disparu dans l'escalier et il se retrouva seul. En examinant l'état de la chambre, il ouvrit des yeux horrifiés. Vite, il sortit de la poche de son pantalon Passion un mouchoir brodé à ses initiales pour le porter à sa bouche. La pièce empestait l'humidité et des formes étranges semblaient bouger sous le lit. Erik posa sa valise en cuir et la couverture rayée. Ensuite, il saisit le haut portemanteau situé à côté de la porte et le brandit devant lui. Tout doucement, avec d'infinies précautions, il s'approcha du matelas, les mains moites tout à coup.

À chaque pas, son cœur tambourinait plus fort dans sa poitrine. Le plancher grinçait sous ses Lombartini trempées. Il glissa son arme improvisée sous le lit et l'agita dans tous les sens, comme s'il s'apprêtait à pêcher un poisson doté de terribles mâchoires. Bon, apparemment, il n'y avait rien là-dessous. Erik tira le portemanteau vers lui en douceur, avec méfiance, jusqu'à avoir le bout sous les yeux. « Mais… Qu'est-ce que c'est que ce truc ? » pensa-t-il.

Il découvrit, enroulé à la pointe de sa lance de fortune, un colossal monticule de poussière brunâtre, sans doute plus vieux que la maison elle-même, qui ballottait comme des algues extraites d'une marée noire. Sur la commode d'ébène, un hibou empaillé, les ailes déployées, l'observait, une expression de défi dans ses yeux de verre.

Erik lâcha le portemanteau d'un coup et pressa de toutes ses forces le mouchoir sur sa bouche pour se retenir de vomir. Il courut vers l'une des portes-fenêtres donnant sur le balcon et l'ouvrit aussi vite que possible. Grâce à l'air froid de la rue, il se sentit revivre. « C'est bien ce que je craignais, je vais devoir désinfecter », se dit-il en regardant autour de lui. Heureusement qu'il avait emporté un kit de ménage pour les cas d'urgence. Et indubitablement, il s'agissait d'une urgence.

Sans attendre une seconde de plus, il sortit un masque et des gants de caoutchouc, puis passa des heures à nettoyer la pièce de fond en comble. Comme l'avait prévu Berta, il ne descendit à la cuisine que pour chercher un balai et une pelle. Sur la table, il aperçut de petites galettes dans une assiette. Il s'arrêta un instant. Il avait faim… « Mieux vaut éviter », se raisonna-t-il. La dernière fois qu'il avait osé mordre dans un biscuit préparé par sa grand-mère, il avait perdu une dent, qu'il avait dû remplacer par une couronne. Il garda donc ses distances et retourna à l'étage.

Lorsqu'il eut terminé le ménage dans la chambre et rangé le contenu de sa valise, il jugea nécessaire de récurer la salle de bains avant de prendre une douche. Ensuite, devant le miroir, il s'assura que sa coiffure, au moins, était restée impeccable. Il s'aspergea d'eau de Cologne et changea de vêtements. Enfin, de retour près du lit, il ouvrit l'armoire et vérifia que tout était en ordre. Il se décida alors à descendre retrouver sa grand-mère dans le séjour pour le déjeuner.

En descendant l'escalier, il entendit Berta Vogler fredonner. Elle était justement occupée à servir le repas dans deux grandes assiettes.

— Qu'est-ce qu'on mange ? demanda Erik en s'approchant avec prudence d'une des chaises.

— Potée de chou aux pois chiches, aux carottes et aux pommes de terre. Vois comme ça sent bon ! s'enthousiasma la vieille dame, qui lui approcha la marmite sous le nez.

L'adolescent voulut s'écarter, mais il était trop tard. L'odeur de légumes bouillis était si puissante qu'il crut défaillir. Pendant ce temps, Berta entreprenait de remuer la potée à la louche, malgré l'apparence de béton armé de la mixture. Les effluves de chou furent le dernier souvenir du garçon, qui tomba raide sur place.

Il se réveilla un peu plus tard, désorienté, sur le canapé de la salle de séjour. Il avait sur les genoux la couverture pelucheuse orange et rose. Contraint par les circonstances, il accepta une tasse de lait chaud, mais refusa les galettes avec un sourire diplomate.

Après un après-midi interminable, le dîner fut un nouveau calvaire. La grand-mère parlait à peine. La télévision ne fonctionnait plus depuis que l'antenne avait été frappée par la foudre quelques années plus tôt. Erik souhaita ardemment que vienne l'heure du coucher. Quand enfin il se glissa sous les couvertures, il se rappela avec nostalgie sa couette moelleuse et son oreiller ergonomique, rapportés de Suède par son oncle. Une seule pensée le consolait : « Un jour de moins avant de retourner à Brême. » Il s'y raccrocha en étouffant un soupir.

Cette nuit-là, la lueur de la pleine lune pénétrait par les vitres du balcon et projetait d'inquiétantes ombres dans la chambre à coucher. L'une des plus terrifiantes était celle du gigantesque hibou empaillé. Erik imaginait qu'à tout moment, celui-ci pouvait se jeter sur lui pour lui dévorer le foie sans pitié. Il remonta les couvertures sur son cou, se ravisa et les tira encore jusqu'à couvrir son menton.

CHAPITRE III

De son lit, il entendait le vent, qui s'engouffrait dans les branches des arbres, tapait sur les fenêtres et s'infiltrait par les fentes des portes. Il perçut aussi des pas faisant craquer les marches de l'escalier. En ce moment même, le plancher du couloir grinçait sous les pieds de sa grand-mère et, partout dans la maison, on entendait des insectes ronger le bois.

C'est alors qu'Erik sentit qu'on l'observait depuis le balcon. Des doigts blancs, presque invisibles, frappaient la porte-fenêtre avec insistance. *Toc, toc.* Le garçon, tremblant de peur, s'efforça de ne pas regarder dans cette direction. Peut-être faisait-il déjà un cauchemar. Il ferma les yeux avec force, attendit quelques secondes interminables et les rouvrit lentement. De nouveau, un léger bruit retentit sur la vitre.

Petit à petit, il tourna la tête, respirant à peine. Sur le balcon, il aperçut une jeune fille, un peu plus âgée que lui. Sa silhouette scintillante flottait dans l'obscurité. Sa chevelure longue et ondulée se mêlait au vent de la nuit. L'espace d'un instant, Erik parvint à distinguer ses traits. Des yeux énormes, sans paupières, le regardaient fixement…

Chapitre IV

La photo du journal

Erik resta paralysé. Les couvertures désormais sur le nez, il regarda l'apparition qui ondulait derrière les vitres. Comme il ne sentait rien, pas même ses doigts recroquevillés sur le drap, il crut que son sang s'était figé dans ses veines. Si on lui avait tendu un miroir, il aurait pu constater qu'il était aussi blanc que l'adolescente qui l'observait en silence à travers la porte-fenêtre. La silhouette de l'inconnue s'attarda encore quelques secondes sur le balcon, puis, tout d'un coup, s'évapora dans les airs.

Une heure passa. Enfin, Erik retrouva peu à peu l'usage de ses membres. Il se concentra d'abord sur l'auriculaire de la main droite, jusqu'à parvenir à le soulever du drap. Il répéta l'opération avec les autres doigts. Il était resté étendu, dans la position d'un mort dans son cercueil, mais ne pouvait contenir le tremblement qui agitait son corps. Une sueur froide lui couvrait le front. Il se tâta le derrière. Il s'en était fallu de peu qu'il se fasse pipi dessus. Par les vitres du balcon, on ne distinguait que les branches d'un vieux chêne et, au loin, la pleine lune qui se détachait dans la nuit. Le vent soufflait toujours aussi fort et quelques chiens aboyaient avec rage chez les voisins.

Le lendemain matin, pendant qu'Erik revêtait ses pantoufles de satin, Berta s'entoura le cou d'une écharpe rouge qu'elle avait tricotée elle-même pendant l'hiver et prit son vélo pour aller acheter le journal. Il avait commencé à bruiner et, avec l'humidité, les cheveux emmêlés de la vieille dame s'électrisaient et gonflaient encore plus que d'habitude. Elle rentra quand la pluie s'intensifiait. Le bout du nez rougi par le froid, elle tenait le guidon avec force, évitant les nombreuses flaques.

Dans la salle de bains, son petit-fils examinait ses cernes dans la glace. Il ressemblait à un cadavre. Il attrapa un tube de gel, qu'il pressa légèrement. Il en couvrit ses cheveux, puis commença son rituel du matin. En descendant l'escalier, il entendit une clé dans la serrure de la porte d'entrée. Sa grand-mère revenait, protégeant son journal sous son manteau. Elle avait dans l'autre main un sac de pâtisseries et de petits pains encore chauds. Les gouttes de pluie s'écrasaient à grand bruit sur les vitres du séjour.

— Alors, tu as bien dor… ?

Berta s'arrêta en découvrant les yeux cernés de son petit-fils. « Pas possible, quelle tête de déterré ! »

pensa-t-elle, tout en suspendant son manteau dans l'entrée.

— Pas très bien, en fait. Je crois que mon lit m'a un peu manqué, expliqua-t-il.

— Bon, c'est normal, ne t'en fais pas. Ce soir, tu te seras habitué à ta nouvelle chambre. Regarde, lança Berta pour changer de sujet, je t'ai rapporté des petits pains à beurrer pour ce matin, ou si tu préfères, des gâteaux à la cerise. Tu m'aides à préparer le petit déjeuner ?

Ils entrèrent tous les deux dans la cuisine. Elle mit du lait à chauffer dans une casserole, pendant qu'il disposait les bols sur la table ronde. Tous deux s'observaient du coin de l'œil. La grand-mère savait qu'Erik, de son mouchoir de soie, essuyait les cuillères en cachette, sous la nappe. Il vérifia aussi la date de péremption du lait, du beurre et de la confiture à mesure qu'elle les sortait du réfrigérateur.

Quand ils s'assirent pour manger, elle plaça le journal sur la table, comme tous les jours. Il était encore plié et quelques gouttes s'étaient étalées sur la une. « Découverte du corps de la jeune disparue de Brême », annonçait un titre. Erik se pencha sur l'article avec curiosité. Tout au long de la semaine, la disparition de l'adolescente avait été évoquée à la télévision. La veille, sur le chemin de Grasberg, il avait entendu que son corps avait été retrouvé dans la banlieue de Hambourg.

CHAPITRE IV

La nouvelle tragique était accompagnée d'une photo, mais Berta choisit ce moment précis pour saisir le journal. Elle l'ouvrit d'un geste décidé et disparut entre les grandes pages, qui se dressaient comme une barrière entre eux. Erik dut incliner la tête de côté et s'approcher le plus possible pour mieux examiner le cliché de la jeune fille assassinée. Il plissa les yeux pour se concentrer sur cette image en noir et blanc de mauvaise qualité. Bientôt, il sentit sa gorge se nouer. Incroyable…

— Un peu plus de lait ? lui proposa soudain sa grand-mère en abaissant son journal.

— Euh… non merci.

Il afficha un sourire contraint et attendit avec impatience que Berta relève le journal. Quand elle se cacha à nouveau derrière les pages, Erik fixa le regard sur l'image à la une : elle montrait le visage qu'il avait vu dans la nuit, en train de flotter devant sa chambre. Aucun doute, il s'agissait de la fille aux longs cheveux ondulés qui avait tapé au carreau sans rien dire. La seule différence, c'était que sur la photo, elle apparaissait détendue, avec un bonnet de laine et un pull bleu à col roulé.

Chapitre V

Un fantôme en talons

Erik Vogler dut attendre que sa grand-mère finisse de feuilleter le quotidien et sorte de la cuisine pour localiser la nouvelle qui l'intéressait. Il chercha dans les pages intérieures la rubrique « Faits divers ». Penché au-dessus de la table de la cuisine, il se mit à lire avec une attention extrême : *Âgée de quinze ans, Sandra Nadel était une jeune fille timide qui vivait avec ses parents à Brême et fréquentait un lycée du quartier nord. Elle avait disparu de sa maison une semaine plus tôt et personne ne l'avait revue ; son cadavre a été retrouvé hier dans un parc aux abords de Hambourg. Ligotée et bâillonnée, elle avait été poignardée à plusieurs reprises.*

Et quelques heures plus tard, son fantôme s'était matérialisé à Grasberg, au balcon de la maison de sa grand-mère. « Mais pourquoi ici, exactement ? » se demanda Erik en observant encore la photo de la jeune fille. Il ne connaissait pas Sandra Nadel, c'était une certitude. Ils ne s'étaient jamais croisés dans Brême, même s'ils vivaient tous les deux au nord de la ville. Ils ne fréquentaient pas non plus le même lycée et n'avaient pas d'amis en commun. Alors pourquoi l'avait-il entrevue cette nuit ? Pourquoi lui était-elle apparue ? Ces questions lui trottaient dans la tête pendant qu'il gardait les yeux braqués sur les lignes imprimées. Quand Berta revint à la cuisine au bout d'un moment, il était toujours assis au même endroit, l'air pensif.

— Mamie, demanda-t-il aussitôt, tu connais cette fille ?

Il lui montra du doigt la photo en première page.

— Je ne l'ai jamais vue de ma vie. Mais d'après l'article, elle était de Brême…

— Oui, elle vivait là-bas. Mais elle ne serait pas venue ici ? Grasberg, ce n'est pas si loin…

Berta marqua une pause et prit le journal, puis pinça les lèvres et fit non de la tête.

— Non, vraiment pas. Son nom ne me dit rien, et si elle avait de la famille dans le village, je serais au courant. Un voisin m'aurait forcément parlé de sa disparition, mais je n'ai entendu personne dire que c'était une proche. Pourquoi cette question ?

— Oh, pour rien. Son visage me disait quelque chose, c'est tout. Au fait, tu sais où je pourrais me connecter à Internet, dans le village ?

— Je crois que c'est possible au café de Verner, sur la place. Tu te rappelles comment on y va ?

— Oui, oui... Je rentrerai pour le repas.

Erik monta dans sa chambre, où il sortit de sa valise un petit ordinateur portable et un parapluie. Il enfila son imperméable avant de sortir. Dans la rue, il pleuvait toujours avec force et un vent violent lui cingla le visage. Il se recroquevilla derrière le parapluie, protégea l'ordinateur sous son imperméable et accéléra le pas. Malheureusement, il n'avait pas emporté de chaussures de rechange. Ses Lombartini de cuir commencèrent vite à pâtir des effets de la pluie. Lorsqu'il arriva au café, il fut reçu par une bouffée d'air chaud, mêlée d'une odeur de bière et de pain. Un serveur bien en chair s'approcha de lui derrière le comptoir.

— Bonjour. Une bouteille d'eau minérale plate à température ambiante, s'il vous plaît, demanda Erik en s'asseyant sur un tabouret de bois.

Le serveur laissa échapper un sourire.

— Je pourrais consulter Internet depuis mon portable ? Ma grand-mère m'a dit qu'ici, vous étiez connectés...

— Et qui est ta grand-mère ?

— Mme Vogler.

— Alors comme ça, tu es le petit-fils de Berta. Mais bien sûr, que tu peux aller sur Internet ! Attends deux secondes, que je te donne le code.

Erik utilisa tout le temps dont il disposait jusqu'à l'heure du repas. Il consulta sa boîte mail, qui comportait des messages de son père : celui-ci était bien arrivé à New York, où la météo se révélait exécrable. Erik, qui avait passé tant de semaines à rêver de ce voyage, ne se sentit pas réconforté pour autant. Frank lui demandait aussi comment ça se passait avec sa grand-mère, et s'il se plaisait à Grasberg. Dans son deuxième mail, il lui envoyait plusieurs photos de la ville et une de sa chambre d'hôtel. Elles étaient un peu floues, car son père ne maniait pas très bien l'appareil numérique qu'il avait acheté, et ne lisait pas les notices. Erik répondit sèchement :

Je vais bien. Il pleut beaucoup. N'oublie pas les pantalons que je t'ai demandés. Garde-moi les dépliants des musées et des monuments.

Ensuite, il se consacra à chercher toutes les informations possibles sur Sandra Nadel. Il en trouva dans de nombreux journaux, chaînes de télévision et de radio. Il trouva également son profil sur un réseau social mais il ne put y accéder. Après avoir ratissé tous les renseignements qu'il put collecter sur Internet, il sortit du café déçu. Il n'avait pu déceler aucun lien avec la victime.

Il passa l'après-midi à écouter de la musique sur son téléphone et ne sortit de sa chambre que pour se rendre aux toilettes. Il avait mangé à grand-peine les haricots blancs que lui avait servis sa grand-mère à son retour. Les heures suivantes, enfermé dans la pièce, il fut assailli par des flatulences qu'il étouffait à l'aide d'un oreiller. Pire que tout, le soir, la foudre tomba sur le village et les laissa sans électricité. Pendant le dîner à la lumière du chandelier d'argent, il entendait encore ses intestins qui protestaient. Il prétexta donc une grande fatigue pour se retirer dans sa chambre. Malgré tout, il voulut prendre une douche avant de se mettre au lit.

Pour atteindre la salle de bains, il fallait traverser tout le couloir. Erik prit sa serviette, sa trousse de toilette et une grosse bougie jaunâtre donnée par sa grand-mère. Quand il sortit de la chambre, il se retrouva face à un tunnel étroit et obscur. À cette distance, il était impossible de distinguer la porte de la salle de bains. Dans ses pantoufles écossaises, il entreprit d'effectuer le trajet. Tout doucement. Avec beaucoup de précautions. Le parquet gémissait sous ses pieds et la flamme vacillait. À la lumière de la bougie qu'il tenait de sa main droite, son visage ressemblait à celui d'un spectre, peuplé d'ombres, les cernes accentués et les pommettes d'une pâleur maladive.

Pendant ce temps, Berta s'était couchée sur son matelas de laine et ronflait doucement. Son petit-fils, en revanche, avançait toujours dans le couloir interminable, transi de froid et saisi d'une peur profonde et inexplicable. Soudain, un courant d'air glacé éteignit la bougie.

— J'y vois rien ! s'exclama-t-il, terrifié.

Par malheur, il ne disposait pas d'allumettes pour rallumer la bougie. Il resta très calme, malgré le bruit qu'il avait cru entendre dans son dos.

— Mamie, c'est toi ? murmura-t-il sans oser bouger un autre muscle de son corps.

Personne ne répondit.

Son cœur se mit à battre plus vite. Très lentement, il se retourna. Il distingua alors une faible lueur blanchâtre. Un halo de lumière étrange, quasi irréelle, entourait la jeune fille assassinée. Elle flottait, tout près de lui. Un mètre à peine les séparait. Erik Vogler sentit ses jambes se dérober sous lui. Bientôt, le visage de la fille s'inclina vers lui, s'approcha jusqu'à le toucher presque, puis, sans prévenir, se transforma en tête de mort.

— AAAAAH !

Hystérique, Erik battit des bras et se mit à courir comme un dératé dans le couloir. Il ouvrit à tâtons l'une des portes. On lui effleura le visage quand il en franchit le seuil, et il cria de plus belle. Ses hurlements alertèrent sa grand-mère, qui bondit de son lit comme un ressort.

Un peu plus tard, elle le trouva accroupi dans le coin d'une chambre qui n'avait pas été nettoyée depuis bien longtemps. Couvert de toiles d'araignées, il avait le regard dans le vague. La grand-mère lui passa plusieurs fois la bougie sous les yeux, mais Erik ne réagissait pas. Finalement, elle l'aida à se relever et lui proposa de le raccompagner à sa chambre. Sur le chemin du retour, ils trébuchèrent sur la trousse de toilette, la serviette et l'énorme bougie qui roula plus loin quand Berta donna un coup de pied involontaire dedans.

Chapitre VI

La pièce d'échecs

Le lendemain matin, Erik Vogler se réveilla tout patraque. Un froid humide lui glaçait les os. Sa grand-mère lui avait monté un bol de lait et une bouillotte. Elle lui avait également placé deux oreillers dans le dos pour qu'il puisse se redresser et un châle rose sur les épaules.

— Allez, il va falloir te réchauffer ! Tu es blanc, on dirait une poupée de cire. Donne-moi la main… Mais dis donc, tu as le cœur tout faiblard ! s'exclama-t-elle en tâtant le pouls de son petit-fils.

— Je vais mourir ? demanda Erik d'un ton tragique.

— « Je vais mourir ? Je vais mourir ? » se moqua sa grand-mère. Quel poltron tu fais ! Allez, bois-moi ce lait, il va se transformer en crème. Mais avant, mets-toi cette bouillotte sur les pieds.

— Ouille, elle est brûlante !

Berta poussa un soupir résigné et lui passa le bol de petit déjeuner. Une peau épaisse s'était formée sur le lait. Erik tenta de l'ôter à la cuillère, mais malgré ses efforts, de petits restes flottaient à la surface.

— Pouah ! fit Erik, pris d'un haut-le-cœur quand un morceau resta coincé dans sa gorge. Quelle horreur, ce lait de vache ! Chez moi, je ne prends que des boissons à base de soja, d'avoine ou de riz.

Vaincue, Berta secoua la tête. « Et il était censé avoir beaucoup changé ces trois dernières années… Tu parles ! » Loin d'imaginer les considérations de sa grand-mère, l'adolescent protestait toujours : il avait reposé le bol sur le plateau et se plaignait d'un objet sur le matelas qui lui rentrait dans le derrière.

— Ah, ce que j'ai envie que ton père revienne te chercher tout de suite !

Sur ce, la grand-mère sortit en claquant la porte.

Choqué par l'éclat de sa grand-mère, Erik resta immobile un moment. Il était certain que quelque chose d'étrange se trouvait sur le lit. Il tâtonna jusqu'à ramasser un petit objet, qu'il contempla avec stupéfaction. « Mais qu'est-ce que ça fait là, ce truc ? »

Perplexe, il regarda la pièce d'échecs. Un roi blanc, taillé dans du bois, qui paraissait très ancien.

D'un geste rapide, il se débarrassa du châle rose et se leva. Il emporta le bol à la salle de bains, et en versa le contenu dans les toilettes pendant qu'il urinait. Après s'être habillé, il alla retrouver Berta dans la cuisine. Elle frottait des couverts avec rage, puis les lançait dans l'autre bac de l'évier une fois qu'ils étaient enduits de mousse.

— Excuse-moi, mamie. Je suis vraiment désolé. J'ai... j'ai bu tout le lait, tu peux vérifier, si tu veux, dit Erik d'un ton conciliant, en lui montrant le bol vide.

Elle ne répondit pas. Toujours de dos, elle agitait les bras frénétiquement, les coudes écartés à la manière des rugbymen.

— Écoute, j'ai... trouvé quelque chose de vraiment bizarre sur le matelas...

Erik ne savait pas comment aborder le sujet qui lui tenait à cœur, car Berta, furieuse, se faisait fort de ne lui accorder aucune attention.

— Regarde, c'est une pièce d'échecs ! déclara-t-il en s'approchant d'elle non sans précaution.

Sa grand-mère saisit une fourchette dans la pile et resta très silencieuse. Lentement, elle pivota la tête.

— C'est un roi blanc, il est à toi ? lui demanda Erik en avançant la pièce.

Berta s'essuya les mains et lui prit le roi en bois sans un mot. Elle l'examina quelques secondes. Puis, toujours en silence, elle se dirigea vers le séjour, arborant une expression mystérieuse. Erik la suivit de près sans oser prononcer un mot, de peur de la gêner ou de la distraire. Sa grand-mère ouvrit un meuble aux portes de verre et observa son échiquier. Les pions, les tours, les reines, les cavaliers...

Toutes les pièces étaient en place, sauf une. La case du roi blanc était vide. Fronçant les sourcils, Berta la remit à l'endroit indiqué. Grand-mère et petit-fils se regardèrent sans parler. Tous deux pensaient la même chose. Comment cette figurine était-elle arrivée dans le lit ? Qu'est-ce que ça pouvait signifier ? Et… qui l'avait glissée sous les couvertures ?

Ce matin là, après la mystérieuse trouvaille entre ses draps, Erik retourna chez Verner. Il s'approcha du comptoir et demanda :

— Comme d'habitude.

Une fois muni de son eau minérale plate à température ambiante, il s'assit sur un tabouret et ouvrit son ordinateur. Sur Internet, il relut les articles, réécouta un extrait de radio, et enfin se rendit sur YouTube pour chercher les vidéos déjà visionnées la veille.

Dans l'une de celles qu'il regarda, plusieurs policiers fouillaient le parc de Hambourg. « Elle n'y était pas, celle-là… » pensa-t-il. La suivante présentait les parents de la victime. « Celle-là non plus. » Il ouvrit une troisième vidéo, dans laquelle on voyait l'image d'une jeune fille de Brême qui parlait en s'efforçant de contenir son émotion. Erik s'inclina tout près de l'écran d'ordinateur et écouta avec attention ses propos, énoncés d'une voix tremblante :

— *Sandra était une de mes meilleures amies. On était au même lycée, et le soir où elle a disparu, j'étais avec elle. On est allées au club d'échecs, comme tous les lundis. On s'est dit au revoir en sortant, et… c'est la dernière fois que je l'ai vue.*

Chapitre VII

Le disque de Schubert

Sur le chemin du retour, Erik ne pouvait se sortir de la tête la déclaration de l'amie de Sandra. Alors comme ça, la victime jouait aux échecs juste avant sa disparition. C'était le fantôme qui avait mis le roi dans son lit, Erik en était certain. Mais pour lui transmettre quel message ? Il n'en avait aucune idée.

Quand il arriva chez sa grand-mère, elle avait déjà préparé le repas et l'attendait pour se mettre à table. Pendant un bon moment, ils échangèrent à peine un mot. Berta appréciait en silence son ragoût. Erik triait les morceaux de viande recouverts d'oignon, mettait de côté les petits pois trop ridés et esquivait les carottes, dont la couleur était douteuse.

— Je vais sortir cet après-midi, mais je ne tarderai pas. Je voudrais acheter des œufs de Pâques et faire une ou deux courses, annonça soudain Berta après avoir vidé son verre de vin. Tu pourras rester seul, ou tu vas piquer une autre crise en mon absence ?

— Je ne vois pas de quoi tu parles, mamie, répondit Erik avec un regard de défi face à l'ironie de sa grand-mère.

Celle-ci imita la pose de son petit-fils, le petit doigt levé, et répliqua :

— Je parle de tes évanouissements imprévisibles et de tes accès de panique au beau milieu de la nuit, par exemple… De quoi tu avais tellement peur, quand je t'ai trouvé dans cette chambre ? Tu ne m'as toujours pas raconté ce qui t'est arrivé cette nuit.

Erik garda le silence un instant et planta sa fourchette dans le ragoût. Un petit pois rebelle fut catapulté hors de son assiette et atterrit dans les cheveux de Berta, dont il ne bougea plus. Ils achevèrent leur repas peu après, tous deux muets : la grand-mère pensait à tout ce que lui cachait son petit-fils, qui pour sa part ne pouvait chasser de son esprit le fantôme qu'il avait déjà rencontré à deux reprises.

Un moment plus tard, Berta sortit comme prévu, et monta sur son vélo pour disparaître dans les rues de Grasberg. Erik s'était affalé sur le canapé et contemplait, pensif, la vitrine où sa grand-mère gardait l'échiquier. De là où il se trouvait, il apercevait le roi blanc. Tout paraissait en place, ou du moins, c'était ce qu'il croyait.

En bruit de fond, le tic-tac constant de la pendule retentissait, ainsi que le crépitement d'une bûche dans la cheminée. Il sentit qu'il s'endormait. Avec son estomac délicat, il lui était difficile de digérer le ragoût de sa grand-mère. Il tenta de garder les yeux ouverts, mais se trouva sans force pour résister. Avec la chaleur du feu de bois et le moelleux du canapé, qui paraissait l'engloutir peu à peu, il se déclara vaincu et finit par fermer les paupières. Dehors, il avait commencé à pleuvoir.

Une fois qu'il fut plongé dans le sommeil, quelqu'un tira tout doucement la porte de l'un des meubles du séjour. C'était celui qui se trouvait sous l'une des fenêtres et qui contenait le vieux tourne-disque de Berta. Depuis toute petite, elle avait une grande affection pour la musique classique et rangeait là quelques joyaux de sa collection. Des doigts quasiment transparents parcoururent les trente-trois tours empilés à l'intérieur. Apparemment, ils en cherchaient un en particulier.

Soudain, ils s'arrêtèrent sur l'un d'eux. Ils ouvrirent la jaquette cartonnée et sortirent le disque sans produire aucun bruit. L'espace d'un instant, l'objet rond flotta dans l'air comme s'il volait. Les doigts du fantôme le déplacèrent avec une délicatesse extrême jusqu'à l'appareil de lecture, situé au-dessus. Alors, une lumière rouge s'alluma et l'aiguille tremblota quelques secondes avant de se poser sur le disque, qui tournait sur la platine.

Des notes de violon retentirent dans la pièce, tout d'abord douces, puis, progressivement, plus fortes. Plus fortes ! Toujours plus fortes ! Le rythme de la musique gagnait en rapidité à mesure que le son se faisait plus puissant. Encore plus rapide ! Encore plus fort ! Jusqu'à ce qu'une note aiguë et persistante tire Erik de son profond sommeil. Quand, désorienté, il ouvrit les yeux, le vacarme était tel qu'il ne put s'empêcher de faire un bond sur le canapé et d'agiter les pieds en l'air. L'une de ses chaussures fut propulsée sur le tapis.

— Quoi ? Qu'est-ce qui se passe ?

Il regarda autour de lui, espérant trouver sa grand-mère dans un coin ou derrière un meuble. S'agissait-il d'une des blagues de mauvais goût dont elle avait le secret ?

Pourtant, il n'y avait pas de trace du vélo à côté de la porte d'entrée, ce qui ne fit que déstabiliser Erik un peu plus. Il était seul dans la maison. Il arrêta son regard sur le tourne-disque. La musique était toujours plus forte, au point de devenir insupportable. S'il avait voulu crier à pleins poumons, personne ne l'aurait entendu. Il courut jusqu'au disque qui ne s'arrêtait pas et, d'un geste rapide, releva l'aiguille. Aussitôt, le silence revint dans la pièce, accompagné du tic-tac de la pendule, des gouttes de pluie et des braises qui crépitaient dans la cheminée.

Erik, qui s'était agenouillé à côté de l'appareil, poussa un soupir soulagé. Les violons implacables ne jouaient plus. Son cœur revenait, peu à peu, à son rythme habituel. Le disque avait cessé de tourner. La jaquette, elle, était restée par terre, à quelques centimètres de lui. Il retourna tout doucement la pochette. Il s'agissait de l'enregistrement d'une œuvre de Schubert. Un quatuor à cordes connu sous le titre *La Jeune Fille et la Mort*.

Chapitre VIII

Un voisin un peu spécial

Erik contempla la jaquette un long moment. Une fois calmé, il repositionna l'aiguille sur le disque de Schubert. Il baissa le volume et écouta la mélodie avec attention. Au départ, il avait cru ne pas la connaître, mais plus les notes s'enchaînaient, plus elle lui semblait familière. « Mais alors, où ? » se répétait-il. Que lui rappelait cette musique ? Où l'avait-il déjà entendue ? Il s'efforça de faire remonter ses souvenirs, mais juste à ce moment, la porte d'entrée s'ouvrit à la volée.

Erik se hâta de remettre le disque dans sa pochette, rangea le tout dans le meuble et se leva d'un bond, faisant comme si de rien n'était. Il se rendit compte qu'il lui manquait une chaussure et courut jusqu'au canapé pour l'enfiler. Sa grand-mère entrait dans le séjour en poussant son vélo. Ses cheveux frisottaient encore plus que d'habitude. À la surprise de son petit-fils, elle se retourna et fit un geste de la main pour inviter quelqu'un.

— Allons, ne reste pas dehors, c'est le déluge !

Aussitôt, un garçon franchit le seuil tout en secouant le bas de son pantalon trempé. Il devait avoir dans les quinze ans. Grand, très maigre, il était d'une pâleur diaphane qui laissait apparaître des veines bleutées. Ses yeux brillaient d'une lueur étrange et ses lèvres fines bougeaient à peine, même quand il parlait.

— Erik ! s'exclama sa grand-mère. Je te présente Albert Zimmer, le fils de mes nouveaux voisins. Enfin, seulement pour les vacances, parce qu'ils vivent à Brême. J'ai rencontré Albert devant la pâtisserie, et je lui ai proposé de passer l'après-midi avec nous. Il est passionné d'échecs, comme toi, alors je me suis dit que vous voudriez peut-être faire une partie.

Albert s'approcha d'Erik pour lui tendre une main humide et glacée. Ils s'effleurèrent à peine les doigts, car Erik sentit un frisson désagréable à son simple contact. Le nouveau voisin lui adressa un sourire qui dissimulait ses dents et suivit Berta à la cuisine.

— On revient tout de suite, annonça la grand-mère. Si tu allais sortir l'échiquier du meuble ? Tu le poses sur la table pendant que nous, on prépare le goûter et on se sèche un peu. D'ailleurs, Albert, tu devrais enlever tes chaussures et mettre d'autres chaussettes. Tu vas attraper une pneumonie. Mon petit-fils peut t'en prêter une paire sans problème, pas vrai ?

— Excuse-moi, mais je ne vois pas ce que tu veux dire, mamie, s'excusa Erik, qui, d'une main, s'assura que sa frange était toujours bien en place.

— Enfin, tu as bien une paire de chaussettes dont tu peux te passer, dans ta valise géante, chuchota Berta de façon à ne pas être entendue de son invité. Et comme tu es un bon garçon, poursuivit-elle d'un ton menaçant, ça ne te dérangera pas de la prêter à notre voisin.

— *Notre ?* protesta Erik, irrité. Mais je ne le connais pas du tout, moi !

— D'accord, mais j'ai regardé et vous faites la même pointure. Alors pas de discussion ! conclut sa grand-mère avec un sourire forcé.

Furieux, Erik monta à l'étage en serrant les poings. L'idée qu'un inconnu introduise ses pieds dégoulinants de transpiration dans ses chaussettes de pure laine vierge le paniquait. Il ouvrit l'armoire et hésita un moment : lesquelles lui céder ? Sans aucun doute, il fallait que ce soit les plus vieilles parmi celles qu'il avait sélectionnées pour son voyage. Le problème, c'était que toutes ses chaussettes étaient dans un état impeccable…

Finalement, il se décida à sacrifier une paire de couleur mauve. Il la regarda avec tendresse avant de sortir de la chambre. Il se remémora la première fois qu'il l'avait enfilée : pour une soirée à l'Opéra à

Berlin avec son père. Il sentit une douleur de côté, comme si quelqu'un lui vrillait une aiguille sans relâche dans la peau, lui causant une souffrance inouïe.

Quand Erik descendit dans le séjour, Albert Zimmer était assis à la table. Il attendait, pieds nus et pantalon retroussé. Ses pieds avaient une étrange teinte violacée, ses ongles jaunâtres n'étaient pas précisément entretenus… À une distance prudente, avec un effort pour éviter de les regarder, Erik tendit les chaussettes au nouveau voisin.

— Tiens… Garde-les, proposa-t-il tout en s'accrochant au tissu.

Après avoir forcé un peu pour les lui arracher des mains, Albert enfila les chaussettes et le remercia, les yeux fixés sur lui. Si bien qu'Erik, terrorisé, s'échappa sous prétexte d'aller chercher l'échiquier. Il y avait quelque chose d'inquiétant chez ce jeune homme, dans la couleur orangée de ses yeux, dans sa peau translucide, dans ce sourire qui ne laissait pas apparaître une seule dent… « Et je vais devoir jouer avec lui, par-dessus le marché », se lamenta Erik en ouvrant le meuble pour y prendre le jeu.

— Voici les œufs de Pâques ! annonça Berta en s'approchant de la table avec un plateau.

Les chocolats étaient accompagnés de trois tasses de lait chaud.

Son petit-fils, lui, était pétrifié. L'échiquier entre les mains, il le regardait, abasourdi. Il n'en croyait pas ses yeux. Toutes les pièces étaient bien placées, mais il en manquait une. Le roi blanc avait à nouveau disparu mystérieusement de sa case. Et la porte du meuble était fermée à clé. « C'est impossible ! » pensa-t-il. Qui l'avait emporté ? Le fantôme de Sandra Nadel ? Pourquoi l'aurait-il repris ? L'adolescent déglutit, puis posa lentement l'échiquier. Il s'assit sur une chaise face à son rival.

— On dirait qu'il y a des fantômes, dans cette maison ! plaisanta Berta en constatant le problème. Ce n'est rien, on va le remplacer par une autre figurine et ce sera réglé.

Elle parcourut du regard les étagères du meuble avant de s'exclamer, triomphante :

— Voilà ! On va mettre ce petit berger de porcelaine à la place.

— Je choisis les noirs, dit Albert, qui refusa les œufs en chocolat proposés par Berta.

— Tu ne veux pas manger un petit quelque chose ? Ils sont délicieux, ces œufs de Pâques. Prends-en au moins un, insista la vieille dame.

— Non merci, jamais entre les repas, répondit le voisin avec un léger sourire.

Chapitre IX

Échec et mat

Erik observa avec méfiance son adversaire tout en appuyant les deux coudes sur la table. Ensuite, il leva la main et avança d'une case le pion blanc devant le roi. Albert Zimmer répondit en avançant le sien de deux cases. Juste après, il lui lança un regard de défi. À ce moment précis, un éclair illumina la pièce. Quelques secondes plus tard, le tonnerre retentit et le ciel s'obscurcit.

Pour soulager ses nerfs, Erik avait mangé un œuf de Pâques du bout des dents, et un morceau de chocolat lui était resté collé sur la lèvre supérieure, formant une petite moustache. Les deux joueurs gardaient un silence respectueux. La pendule sonna. Erik prit sa respiration et s'éclaircit la gorge, puis déplaça son cavalier en case C3. La partie suivit son cours et la grand-mère en profita pour s'installer dans un fauteuil et ouvrir un roman policier. L'adversaire d'Erik avança lentement le pion de la reine en case D6.

CHAPITRE IX

Un profond silence régnait dans le séjour. Albert ne détachait pas les yeux d'Erik, tel un oiseau de proie prêt à se lancer sur un innocent canari. Il ressemblait au hibou empaillé de la chambre. Mal à l'aise, Erik s'agita sur son siège. Après un moment d'indécision, il choisit de placer le cavalier du roi en G4. Les yeux de son rival brillèrent. Erik baissa le regard sur l'échiquier et respira profondément. Tout de suite, les doigts osseux d'Albert se placèrent sur la reine noire. Il prit son temps, savourant son jeu, pour déposer la pièce, comme par magie, sur la case H4.

— Échec et mat, murmura-t-il, conquérant, avec un petit coup sur le berger blanc.

Comme Erik ne réagissait pas, il réitéra ses paroles. Le roi blanc était tombé en moins de cinq minutes. « Échec et mat, c'est pas possible », se répéta Erik, consterné. Il ne se souvenait pas d'avoir déjà été vaincu aussi vite. Et pourtant, cet inconnu avait réussi, sans ciller, sans hésiter une seconde, et apparemment sans effort.

Albert se releva avec lenteur. Il souriait sans découvrir ses dents, comme il l'avait fait en entrant dans la maison. Son expression de triomphe rendait Erik malade. De plus, son regard avait quelque chose d'inquiétant.

— Au fait, tu as un bout d'œuf de Pâques collé là, lui signala enfin Albert en montrant sa lèvre supérieure.

Un morceau de chocolat ? Malédiction ! Et lui qui ne s'en était pas rendu compte… Avec toute la rapidité dont il était capable, Erik produisit un mouchoir brodé de ses initiales et nettoya sa moustache. Malgré ses joues en feu, il s'efforça de feindre la normalité.

— Bon, il est un peu tard, ajouta Albert après avoir consulté une vieille montre qu'il sortit de sa sacoche. Je dois rentrer chez moi.

— Comment ? Vous avez déjà fini la partie ? s'étonna Berta, qui n'avait même pas pu lire deux pages de son livre.

— On a terminé pour cette fois. Pas vrai ? répondit le nouveau voisin.

Il tendit le petit berger à son rival. Celui-ci se dépêcha de retirer sa main en sentant pour la deuxième fois la peau glacée d'Albert sur ses doigts. La grand-mère referma d'un geste vif son roman et accompagna son invité à la porte. Elle lui prêta un parapluie. Son petit-fils, lui, ne se leva même pas de sa chaise.

— Et merci pour les chaussettes ! lança le voisin en guise d'au revoir avant de sortir de la maison.

Erik pinça les lèvres, indigné. Son cœur battait avec fureur. Il vérifia qu'Albert était bien dans la rue, puis poussa un soupir de soulagement. Il s'apprêtait à ranger les pièces en bois sur l'échiquier, mais s'arrêta à la figurine de porcelaine.

— Qu'est-ce que je fais du berger ? demanda-t-il.

— Laisse-le à la place du roi blanc, en attendant qu'il réapparaisse… Si tu veux jouer la revanche, on pourra inviter Albert pour qu'il revienne un autre après-midi.

Mais Erik ne souhaitait ni rejouer, ni reconnaître que cette défaite l'avait blessé dans son orgueil. Après avoir dû lui faire cadeau de ses chaussettes mauves et s'être incliné comme un idiot pendant la partie d'échecs, relancer cet Albert Zimmer était bien la dernière des choses qui lui venaient à l'esprit.

En réalité, ce qu'il désirait de toute son âme, c'était retourner à Brême. Sa ville. Se réfugier sous sa couette moelleuse, dans sa chambre à lui, continuer sa collection de fossiles et ajouter les photos de New York à son album numérique. Oublier ces vacances inattendues et complètement absurdes à Grasberg. Son père lui avait envoyé un SMS dans l'après-midi pour lui demander des nouvelles. Il lui avait répondu par un mélancolique :

J'ai envie de rentrer à la maison.

Après le dîner, il souhaita bonne nuit à sa grand-mère. Abattu, il monta l'escalier d'un pas lent pour rejoindre sa chambre. Le bouton de la porte craqua un peu quand il le tourna. Derrière les portes-fenêtres, c'était toujours la tempête. Les branches des arbres s'agitaient avec violence. Un énorme coup de tonnerre retentit au moment où il referma le battant, sur le point d'allumer. Il porta sa main à son cœur. Un éclair zébra le ciel.

Le plafonnier avait cessé de fonctionner, la dernière ampoule encore en état de marche ayant grillé.

Il dut donc traverser la pièce sans lumière jusqu'au lit. Le hibou empaillé semblait le suivre de ses yeux de verre dans la pénombre. Erik s'assit sur les couvertures de sa grand-mère et chercha l'interrupteur de l'antique lampe sur la table de nuit. Elle éclaira un coin de la chambre et une partie de la tête de lit.

Entre les ombres, Erik se tordit le cou sur la gauche et distingua une petite forme au milieu de l'oreiller. Qu'y avait-il sur son lit ? Non sans anxiété, il tendit la main et palpa lentement cet objet inconnu. De quoi s'agissait-il ? À tâtons, il s'aperçut que la chose était enveloppée de papier. Tremblant, il l'approcha de la faible lumière de la lampe de chevet, puis défit avec précaution l'emballage. Le tonnerre gronda avec force, tout près de là.

Dans le papier, Erik découvrit le roi blanc du jeu de sa grand-mère, couvert de sang séché. La feuille était une page de livre arrachée, qui affichait les vers suivants :

Et voici qu'une arête de fer
– sa dernière heure est venue –
La retient accrochée par un bout.
Déjà pâlit et disparaît la clarté de la lune…

Chapitre X

Le cauchemar

Glacé de terreur, Erik Vogler rangea la figurine du roi dans le tiroir de la table de nuit et relut à plusieurs reprises les vers, s'efforçant de ne pas laisser trembler la feuille entre ses doigts. Que signifiait cet inquiétant message ? Au bout d'un moment, il se glissa entre les draps et posa la tête sur l'oreiller. Une partie de la mélodie de Schubert revenait sans cesse à son esprit. *La Jeune Fille et la Mort*… « Où l'ai-je déjà entendue ? » se répétait-il, pensif. Le fantôme de Sandra Nadel voulait l'avertir de quelque chose, c'était clair, mais il ne comprenait pas de quoi il s'agissait. Et pourquoi l'avoir choisi, lui ?

Tout ce qu'il savait, c'est qu'il était dépositaire d'une pièce d'échecs couverte de sang et que la victime sortait de son club d'échecs le soir de sa disparition. Ils habitaient tous les deux à Brême et, en dehors du goût pour ce jeu, ils ne semblaient rien avoir en commun. Et pourtant, cette musique qui résonnait dans sa tête lui était extrêmement familière. Peut-être l'avait-il entendue chez lui, mais il ne pouvait pas s'en assurer. En tout cas, c'était très récent.

Cette nuit-là, il eut peur de s'endormir. Les yeux écarquillés, il ne détacha pas son regard terrorisé du balcon. Le fantôme de Sandra Nadel pouvait apparaître à tout moment. Et il s'attendait à le voir après chaque éclair, chaque coup de tonnerre, chaque rafale.

Les heures se succédèrent puis, enfin, à cinq heures du matin, il finit par fermer les paupières et sombrer dans le sommeil. Vaincu par la fatigue, accroché aux couvertures qui lui remontaient jusqu'au menton, Erik fit un épouvantable cauchemar.

Dans ce rêve horrible, le nouveau voisin flottait sur le balcon de sa chambre, à l'endroit même où le fantôme de Sandra Nadel avait surgi la première fois. Au milieu de la tourmente, Albert Zimmer avait appuyé ses doigts squelettiques sur les vitres. Alors, il plongeait la main dans la poche de son manteau et en sortait le roi blanc. Un filet de sang noir s'échappait de la commissure de ses lèvres fines, et il arborait le même sourire triomphant et insupportable qu'après avoir remporté la victoire aux échecs.

À ce moment, Erik se mit à agiter la tête d'un côté à l'autre pour chasser cette image de son esprit. Il ouvrit les yeux d'un coup. Il était couvert de sueur et son cœur battait à un rythme endiablé. La tempête avait cessé. Malgré sa peur atroce, il hasarda un regard vers le balcon. Il tourna la tête très lentement, craignant le pire. Mais Albert ne s'y trouvait pas. Le fantôme de Sandra Nadel non plus.

Erik ne parvint pas à se rendormir après son cauchemar. Depuis son lit, il contempla le lever de soleil de ses yeux rougis. Il descendit très tôt et prit son petit déjeuner avec sa grand-mère. Berta l'observait en silence pendant qu'il grignotait quelques madeleines et elle se demanda pourquoi il avait des cernes si marqués et un visage si pâle ce matin. « Bah, il ne doit toujours pas s'être habitué à la literie ! » pensa-t-elle en débarrassant son bol resté plein de lait et sa cuillère.

Pour autant, elle ne lui fit aucun commentaire, ni en le découvrant dans la salle de séjour, occupé à cirer ses Lombartini avec soin, ni quand il attrapa son parapluie, ni au moment de lui dire « à tout à l'heure » à la porte d'entrée. En le voyant sortir, elle savait seulement qu'il se dirigeait d'un pas décidé vers le café, l'expression sérieuse et concentrée comme s'il avait à résoudre une affaire très importante, vitale, même. Ce qu'elle ne pouvait soupçonner, c'est que son petit-fils transportait dans sa poche trois lignes envoyées par le fantôme d'une jeune fille assassinée à Brême.

Dès qu'il vit entrer le petit-fils de Berta, le serveur attrapa une bouteille d'eau minérale plate à température ambiante. En fait, son étrange client lui adressa un geste depuis la porte et déclara :

— Bonjour. Aujourd'hui, je prendrai un jus d'orange, s'il vous plaît. Avec une paille et sans pulpe.

Erik trouva une table, alluma son ordinateur portable et se connecta au moteur de recherche. Après une petite gorgée du jus que lui avait laissé le serveur, il inscrivit les vers :

Et voici qu'une arête de fer
– sa dernière heure est venue –
La retient accrochée par un bout.
Déjà pâlit et disparaît la clarté de la lune…

Une seconde plus tard, les mots s'affichèrent dans différentes entrées. Dans la majorité, il était question de vampires et de fantômes. Erik sentit que son cœur tambourinait, encore une fois, plus vite que la normale. Il choisit une des pages et commença à lire. Il ne tarda pas à découvrir que ces mystérieux vers provenaient d'un poème intitulé *Der Totentanz*, « La Danse macabre ». Son auteur était Goethe, un célèbre écrivain romantique né au XVIIIe siècle.

Erik reprit une gorgée de jus d'orange. Il se rappela alors la vidéo où apparaissait l'amie de Sandra Nadel, et décida de la revisionner sur YouTube. Cela lui fut facile de la retrouver. L'enregistrement durait à peine une minute. Il put de nouveau voir cette jeune fille nerveuse et angoissée, qui répondait aux questions des journalistes.

Cette fois, Erik ne s'intéressait plus aux déclarations de l'adolescente, mais au début de la vidéo. Il actionna le bouton de lecture et observa l'image avec attention. L'amie de Sandra Nadel sortait d'un bâtiment, le pas pressé. La caméra suivait ses mouvements et s'arrêtait à peine sur un point fixe. Erik revint au début. Cette fois, dès le départ, il appuya sur « Pause » et contempla l'image quelques instants. Enfin, il reconnut ce lieu. Les pierres de la façade, l'affiche dans l'entrée, les vélos contre le mur : il s'agissait de la bibliothèque municipale de Brême, c'était certain.

Assis face à son ordinateur, Erik respira profondément et vida son verre de jus d'orange. Ensuite, il regarda par la vitrine du café. Tiens, on aurait dit Albert Zimmer qui traversait la place. Il l'avait suivi depuis chez lui, ou quoi ? Est-ce qu'il l'épiait, d'une façon ou d'une autre ? Ou était-ce un hasard ? « Pourvu qu'il s'en aille ! » pensa Erik en posant le coude sur la table pour se cacher le visage du bras. Quand il jeta un œil en arrière, il s'assura avec soulagement que son voisin n'était plus là. Il s'absorba alors de nouveau dans la contemplation de son écran. Il se rendit sur le site de la bibliothèque de sa ville et inscrivit le nom de l'auteur du poème. « Voyons ce qu'on trouve à ce propos », se dit-il en se frottant les mains. Plusieurs titres de Goethe apparurent : divers essais scientifiques, des romans, des pièces de théâtre et des recueils de poèmes. Erik se concentra sur la poésie et s'arrêta à chacun des recueils.

Au bout d'un moment, il put constater que certains n'avaient pas été empruntés dans les derniers mois et que d'autres étaient sortis de la bibliothèque plus d'une semaine auparavant. Erik attrapa un carnet dans son sac d'ordinateur pour noter les dates de prêts. C'est alors qu'il trouva un exemplaire, une sélection de poèmes de Goethe, qui avait été emprunté le jour de la disparition de Sandra Nadel. Il n'avait toujours pas été rendu…

Chapitre XI

Un point commun

Erik nota la cote de l'ouvrage dans son carnet, puis commanda au serveur un deuxième jus d'orange. Il se frotta les yeux. Après cette maudite nuit, il avait l'impression qu'ils le brûlaient. Il lui faudrait peut-être un litre de jus d'orange pour se débarrasser de cette fatigue accablante. Il se repassa les doigts sur les paupières et étouffa un bâillement. « Réfléchis, Erik : avant Sandra Nadel, deux autres jeunes ont disparu à Brême », se souvint-il en quittant le site de la bibliothèque.

« Qui étaient-ils ? Comment s'appelaient-ils ? Qu'avaient-ils en commun ? » s'interrogeait-il au moment où le serveur déposa sur sa table un autre verre.

— Merci, parvint-il à articuler d'un ton distrait.

Car il ne pouvait orienter ses pensées ailleurs que sur ces crimes et le fantôme de Sandra Nadel. Dans son esprit résonnaient les vers de « La Danse macabre » ou la mélodie de *La Jeune Fille et la Mort*. La musique lui donna une idée : il envoya un message à son père pour lui demander s'ils avaient chez eux cette œuvre de Schubert.

Un groupe d'amis entra chez Verner, apportant avec lui une rafale glacée qui vint caresser la nuque d'Erik. Il prit son verre, mais le jus d'orange était trop acide. Il fouilla la poche de son manteau et en tira une petite boîte d'édulcorants. Après avoir précautionneusement versé deux pastilles pour adoucir sa boisson, il la goûta de nouveau. « C'est bien meilleur », se félicita-t-il. Il était revenu au moteur de recherche et pianotait sur la table. « Par où je commence ? Par où ? »

Il choisit l'après-midi de l'enlèvement de Sandra Nadel. Après avoir lu plusieurs titres de journaux, il s'attarda sur un article qui mentionnait le nom d'une victime antérieure. « Leo Klein, âgé de seize ans, était né en Autriche, mais vivait à Brême depuis tout petit. » C'était la seule information donnée.

Bien entendu, Erik tapa « Leo Klein », ce qui fit surgir une myriade d'entrées relatives à sa disparition au début du mois de mars précédent. Son cadavre avait été retrouvé trois semaines plus tard, dans un champ aux alentours de la ville de Zeven.

De retour sur YouTube, Erik chercha des vidéos traitant de cet autre crime. Il trouva plusieurs reportages sur la découverte du corps sans vie de Leo Klein, quelques déclarations officielles de la police et une brève interview de la mère de l'adolescent : elle signalait que, le soir de sa disparition, il était avec ses amis dans le parc Bürger de Brême. Personne ne l'avait revu après.

Erik consulta sa montre. Déjà plus de deux heures qu'il cherchait des pistes sur Internet. Il voulait détecter un lien entre les deux dernières victimes, mais Sandra Nadel et Leo Klein paraissaient ne rien avoir en commun. Ils ne vivaient pas dans le même quartier, ne fréquentaient pas le même lycée. Ils n'avaient pas non plus le même âge, leurs proches ne se connaissaient pas, et ils avaient disparu à des endroits différents de la ville.

Tout en approchant de ses lèvres le verre de jus d'orange, Erik resta à contempler son écran d'ordinateur. Il finit par taper le nom de la précédente victime dans le moteur de recherche, accompagnée de « danse macabre ». Aucun résultat n'apparut. Il essaya avec « Goethe ». Rien non plus. Il effaça le nom de l'auteur pour le remplacer par « Schubert ». Cette combinaison ne donna rien, pas plus qu'avec « La Jeune Fille et la Mort ». Enfin, il inscrivit « Leo Klein » suivi de « échecs ». Après une profonde inspiration, il appuya sur « Entrée ». À sa grande surprise, il obtint une occurrence où figurait le nom du jeune homme, qui avait pour titre : « Championnat d'échecs pour jeunes talents. »

Non sans nervosité, Erik ouvrit l'article, qu'il lut avec attention. La date correspondait au mois de mai de l'année passée. Il s'agissait d'un tournoi d'échecs organisé par la mairie de Brême, où avaient été invités des jeunes des communes environnantes. Parmi les participants, Leo Klein.

Erik ralentit sa lecture en arrivant à la phrase : *Au cours d'une partie intense et pleine d'émotion, Leo Klein a été vaincu lors de la deuxième journée du tournoi par Sandra Nadel, qui accède donc à la finale.* Enfin, il avait trouvé un lien entre les deux victimes : leur goût pour les échecs. C'est alors que son téléphone lui signala un message. Depuis New York, son père lui demandait si tout se passait bien à Grasberg, comment allait sa grand-mère et affirmait qu'ils ne possédaient pas le disque de Schubert.

Comme il s'apprêtait à répondre, Erik remarqua une présence inopportune à côté de sa table. Avec lenteur, il releva la tête et rencontra le regard inquiétant d'Albert Zimmer. Les yeux brillants, la peau encore plus pâle que la veille, il avait appuyé ses paumes sur la table occupée par Erik et l'observait d'un air condescendant. Sans attendre d'invitation, il s'assit face à lui et sourit en silence.

Chapitre XII

Des soupçons inquiétants

Albert Zimmer était sans doute la personne qu'Erik avait le moins envie de voir ce matin-là. Malgré tout, il se trouvait là, sous son nez. Erik ne put réprimer son malaise. Ce n'était pas une coïncidence. Pendant quelques secondes, il baissa les yeux sur les pieds du voisin, pour découvrir avec horreur que celui-ci portait toujours les chaussettes mauves qu'il lui avait prêtées la veille !

— Je suis passé te chercher chez ta grand-mère, mais tu n'y étais pas. Elle m'a dit que je te trouverais ici. On peut savoir ce que tu fais ? demanda le garçon, curieux, en se penchant au-dessus de l'ordinateur.

Erik dissimula l'écran de ses bras, dans l'espoir qu'Albert ne voie pas la fenêtre qui était restée ouverte.

— Rien qui t'intéresse, répondit-il, ennuyé.

— Ah, ben tiens ! Championnat d'échecs pour jeunes talents, lut son adversaire à voix haute. Quelle coïncidence ! Je venais justement te parler d'échecs. J'avais envie de t'inviter chez moi cet après-midi. Mes parents partent à Brême, et on pourrait jouer tranquilles. Comme ça, tu pourras me montrer que tu n'es pas aussi minable que tu m'as paru hier. Ça te dit ?

Erik entreprit de rassembler ses affaires à toute vitesse. Il tentait de garder son calme, mais l'image de son cauchemar tout récent lui remontait à l'esprit. Albert, ce même sourire réfrigérant aux lèvres, qui flottait au milieu de la nuit sur le balcon. Comme le fantôme de Sandra Nadel.

— Tu oses la revanche, ou je te fais peur ? le provoqua le garçon en s'approchant tant d'Erik que celui-ci sentit son souffle glacé sur son cou.

— Cet après-midi, je ne vais pas pouvoir, je suis très occupé, s'excusa-t-il en se levant avec précipitation de son tabouret.

Il demanda au propriétaire du café combien il devait. Il régla avec un billet et n'attendit pas qu'on lui rende la monnaie. Tout pour s'enfuir dès que possible.

— Allez, Vogler ! s'exclama Albert, qui le suivit jusqu'à la sortie. Ça t'engage à quoi, une autre partie avec moi ?

— Je ne compte pas rejouer contre toi, murmura Erik en ouvrant la porte.

Malgré ce refus, Albert s'obstina à l'accompagner jusqu'à chez Berta et, sur le chemin, il continua d'insister. Non mais franchement, il ne pouvait pas le lâcher ? Les sous-entendus lui passaient au-dessus et il ne s'avouait pas facilement vaincu. Si on y réfléchissait, le nouveau voisin paraissait obsédé par Erik et par les échecs.

Erik fit tout son possible pour garder ses distances, mais Albert semblait bien décidé à ne lui laisser aucun répit. Erik accélérait le pas quand son voisin s'approchait trop, sautait par-dessus les flaques avec détermination, et marchait à vive allure. Il le surveillait du coin de l'œil et se protégeait le cou de son écharpe tout en priant en silence pour arriver au plus vite chez sa grand-mère afin de se débarrasser de lui.

Quand il parvint à la porte et frappa avec énergie, Albert resta là, derrière lui, sans manifester aucune intention de partir. Dissimulant son angoisse, Erik toqua de nouveau à la porte en évitant de se retourner. Au bout d'un moment, sa grand-mère ouvrit et les reçut avec un sourire.

— Albert, quelle surprise ! Tu restes manger avec nous ?

— C'est très gentil, madame Vogler, mais je suis attendu chez moi, répondit l'intrus très poliment.

— Ooooh, quel dommage, déplora-t-elle avec un regard préoccupé vers Erik. Mon petit-fils est tout seul ici et il s'ennuie, le pauvre… Il ne connaît personne de son âge à Grasberg.

— Je ne m'ennuie pas, mamie, répliqua Erik, fâché.

— Bon, poursuivit Berta, qui s'adressait à l'autre en ignorant son petit-fils. Tu n'as qu'à venir demain passer l'après-midi avec nous. Ça te dit ? Ça nous ferait vraiment plaisir que tu acceptes.

Apparemment, Albert s'amusait beaucoup de la situation qui s'était créée entre eux. Il regarda Erik, puis sa grand-mère, et, avec un sourire satisfait, il accepta l'offre. Erik lui dit au revoir depuis l'entrée de la maison avec un geste d'impuissance.

— Mais pourquoi tu l'as réinvité ? se plaignit-il aussitôt après, se laissant tomber sur le canapé du séjour.

— Je le trouve très sympathique, ce garçon, répondit sa grand-mère. Il est peut-être un peu plus âgé que toi, mais pas beaucoup.

— Eh bien moi, je le trouve très bizarre, la coupa Erik.

Berta regarda son petit-fils d'un air stupéfait.

— *Toi*, tu le trouves très bizarre ? finit-elle par répéter. *Lui ?*

Erik approuva en silence, puis demanda :

— Tu n'as pas remarqué la couleur de ses yeux ?

— Non.

— Ils sont orangés.

— Ah bon.

— Et en plus, il a une façon étrange de fixer les gens, il a les mains toujours froides et il sourit sans montrer les dents…

— Ah, quand même ! s'exclama sa grand-mère, amusée.

— Tu n'as pas vu ? Et il ne mange pas devant nous, non plus, continua Erik à voix basse. On sait seulement qu'il vient de Brême. Rien de plus.

— Je ne comprends pas ce que tu essaies de me dire.

Un silence s'installa entre eux, bientôt rompu par la sonnerie du four. Berta se précipita vers la cuisine et l'adolescent ralluma son ordinateur. À quelques kilomètres de là, un coup de tonnerre se fit entendre et un nouvel orage éclata.

Chapitre XIII

La première victime

Pendant qu'Erik enquêtait au café Verner, sa grand-mère avait fait du poisson au four. Elle n'avait pas coupé la tête, et les yeux globuleux de l'animal regardaient droit dans ceux de son petit-fils. Celui-ci passa le plus gros du repas à éviter ce regard et à analyser méticuleusement la moindre bouchée de la chair truffée d'arêtes.

— Et ce matin, c'était bien ? demanda Berta pour rompre le silence.

L'adolescent haussa les épaules. Il ne pouvait masquer son énervement depuis que sa grand-mère avait de nouveau invité Albert Zimmer.

— Un peu de purée ? proposa-t-elle encore d'un ton aimable.

Et avant qu'Erik puisse refuser, elle préleva une énorme cuillerée de purée de pommes de terre, qui tomba comme un bloc de ciment sur son morceau de poisson, enterrant une bonne partie des arêtes qu'il avait mis si longtemps à trier.

Peu après, Berta le vit disparaître dans la rue, sur le chemin de chez Verner. Il portait son petit ordinateur à l'intérieur de son manteau et se protégeait des gouttes grâce à un parapluie noir.

Par cet après-midi de vacances scolaires, le café affichait presque complet. Quand Erik ouvrit la porte, il fut assailli par la chaleur du poêle, le brouhaha des clients qui parlaient, détendus, au comptoir, et de ceux qui se partageaient presque toutes les tables. Il appela le serveur, qui s'était habitué à sa présence ces derniers jours, et commanda un thé avec un nuage de lait. Il repéra la seule table libre et s'y installa.

Il savait très bien à qui consacrer ses recherches des heures à venir : Conrad Braun, la première victime de l'assassin de Brême. Il tapa le nom du jeune inconnu et attendit les résultats.

Conrad Braun était sur le point de fêter ses quinze ans quand il avait disparu au milieu du mois de février. Selon les journaux, il s'agissait d'un garçon timide, bon élève, qui n'avait aucun problème familial. Dans l'une des vidéos de la télé allemande, sa mère signalait que son fils boitait légèrement en raison d'une maladie dans son enfance, et qu'il souffrait de crises d'asthme. Erik apprit également que le cadavre avait été retrouvé au parc Bürger, justement celui où Leo Klein avait été vu pour la dernière fois.

Le jeune enquêteur était si absorbé par sa lecture concernant cet assassinat qu'il ne se rendit même pas compte que le serveur lui apportait un thé fumant. Sans hésiter, il ajouta au nom de la victime le mot « échecs » et attendit quelques secondes. Il eut la déconvenue de n'obtenir aucun résultat. Il fronça les sourcils. Que faire ? Il se frotta plusieurs fois le menton tout en réfléchissant. Il réessaya avec « championnat d'échecs pour jeunes talents à Brême ». Il relut avec attention l'article déniché le matin, mais ne trouva pas le nom de Conrad Braun parmi les quelques participants cités. « Et si en fait, il n'y avait aucune relation entre eux ? »

Il choisit alors d'afficher les images dans le moteur de recherche et tapa encore une fois le nom de la première victime. L'écran s'emplit de petites photos où on voyait les portraits donnés à la police par sa famille. La majorité des images se répétaient, en différentes tailles, tirées d'articles en ligne ou de journaux télévisés. En revanche, la dernière d'entre elles était plus ancienne, du temps de l'école primaire.

Erik cliqua sur la photo pour l'agrandir, et s'aperçut juste à ce moment que le thé au lait l'attendait sur la table. Il en avala une bonne gorgée et se brûla copieusement. Avec un petit gémissement, il reposa avec soin la tasse sur sa soucoupe et se souffla plusieurs fois sur le bout des doigts. Il demanda au serveur un glaçon, qu'il plaça sur la pointe de sa langue. Une fois qu'il se sentit soulagé, il se concentra de nouveau sur l'image à l'écran. C'était un cliché pris pour un journal local. On y distinguait un groupe d'enfants à l'intérieur d'une galerie d'art de Brême, accompagnés d'un professeur. L'un d'eux était Conrad Braun.

Erik regarda attentivement les élèves. Il passa en revue chacun de leurs visages et, soudain, s'arrêta sur celui d'une fille qui souriait à l'appareil photo. Selon ses calculs, elle ne devait pas avoir plus de neuf ans. Il essaya d'agrandir encore l'image, mais c'était impossible. Il enregistra donc la photo pour pouvoir y appliquer le zoom, et examiner plus en détail cette fille dont le visage lui était si familier.

Ensuite, il chercha le cliché de Sandra Nadel diffusé au moment de sa disparition. Elles avaient le même sourire. Aucun doute, la petite fille du musée était Sandra Nadel plus jeune. Ainsi, Conrad Braun et elle avaient fréquenté la même école à Brême et se connaissaient sans doute depuis cette période. « Ils étaient peut-être même amis », songea-t-il en détaillant la photo de la galerie d'art. « Et on aurait là la relation entre la première et la troisième victime », se dit-il sans oser toucher la tasse de thé encore brûlant.

Comme le soupçonnait Erik, le soir de son enlèvement, le jeune Conrad Braun s'était rendu à la bibliothèque municipale de Brême. Il y avait rencontré Sandra Nadel, et lui avait dit au revoir devant le bâtiment.

— Allez, bonne chance pour ton interro de demain ! lui lança Sandra avant de repartir vers chez elle.

— Merci. Tu viens au club d'échecs, lundi ?

— Oui, sans doute. Et toi ?

— J'essaierai. Si j'y arrive, on pourra jouer ensemble. Ça fait un moment, depuis la dernière fois.

— Bon, je m'y risquerai, même si tu es un sacré rival ! plaisanta Sandra.

— Tu parles, c'est la gagnante du championnat de Brême qui dit ça !

— Allez, Conrad. Tu sais comme moi que si tu y avais participé et qu'on s'était affrontés le deuxième jour, je ne serais jamais arrivée en finale. C'est cette maudite crise d'asthme qui t'a empêché de venir.

Il la remercia du compliment par un sourire.

— Alors à lundi, au club d'échecs ! lui dit-il en levant une main.

— À lundi, répondit Sandra Nadel, sans se douter qu'elle ne le reverrait jamais en vie.

Après avoir pris congé de son amie, Conrad Braun emprunta la rue Peizer pour se diriger vers la rue Queeren, où il habitait avec ses parents. La nuit était déjà tombée sur Brême. Le vent était froid en ce mois de février. Conrad s'abrita derrière son cahier et les livres qu'il venait d'emprunter à la bibliothèque. Il boitait légèrement du pied gauche et, en respirant, il formait de petits nuages de vapeur dans l'air. Le garçon prit une ruelle, son raccourci habituel. Elle était déserte, comme toujours. Il se dit que son nez était en train de congeler, et remonta son écharpe autant qu'il le put.

Derrière lui, il entendit un bruit de pas. Au début, ils étaient lointains et étouffés. Peu à peu, ils se rapprochèrent, jusqu'à se situer à quelques mètres. Conrad, pourtant, ne pensait qu'à Sandra Nadel, à son sourire et à la prochaine fois qu'il la verrait. Il ne regarda donc pas en arrière et resta plongé dans ses agréables rêveries. S'il avait tourné la tête un instant, il aurait vu que quelqu'un le suivait depuis la bibliothèque. Les pas de l'inconnu s'approchèrent encore, jusqu'à ce que Conrad ait l'intuition d'être en danger. Il voulut regarder, mais il était trop tard pour s'enfuir.

Conrad Braun essaya de courir, mais un bras lui enserra le torse avec force. En même temps, une main lui couvrit la bouche d'un chiffon imbibé de chloroforme. Il perdit connaissance en quelques secondes. Par terre, le cahier de la jeune victime et les deux livres s'agitèrent dans le vent. Pendant la nuit, un employé municipal se chargerait de les ramasser et de les jeter dans le conteneur de recyclage, effaçant ainsi toute trace de sa disparition.

Chapitre XIV

Le sourire d'Albert Zimmer

Même s'il n'était pas très tard, il faisait sombre quand Erik Vogler sortit du café Verner. Sur le chemin, il resta plongé dans ses pensées, récapitulant tout ce qu'il avait appris jusque-là au sujet des crimes.

Absorbé comme il l'était, au début, il n'eut pas conscience que quelqu'un marchait derrière lui. Pourtant, les pas de son poursuivant se faisaient toujours plus proches. La rue était complètement déserte à cette heure et il avait cessé de pleuvoir.

Soudain, dans le silence, Erik perçut un bruit de chaussures sur le trottoir. Il appuya son ordinateur contre ses côtes et accéléra l'allure, sans oser regarder par-dessus son épaule. Il était suivi, il n'avait aucun doute là-dessus. La respiration oppressée, il allongea le pas. Malgré ses efforts, l'inconnu se rapprochait toujours plus. En arrivant à l'un des réverbères, Erik se mit à courir de la façon la plus discrète possible. Derrière lui, l'autre sourit, amusé, et l'imita jusqu'à le rattraper. Soudain, le garçon entendit un murmure, tout près de son cou :

— Tu as terminé ce que tu voulais faire ?

Albert Zimmer ! Erik pivota sur ses talons et fit un bond en arrière, épouvanté. En guise de bouclier, il plaça l'ordinateur entre son corps et celui du voisin qui, au lieu de s'éloigner, s'était rué vers lui et ne paraissait pas disposé à partir.

— Ça ne te regarde pas ! se défendit Erik, qui était coincé contre le mur d'une maison et ne voyait pas d'issue.

— Tu t'intéresses toujours au championnat d'échecs de Brême ?

— Je ne sais pas de quoi tu parles !

— « Je ne sais pas de quoi tu parles ! » se moqua Albert en imitant son ton affolé. Bien sûr que tu sais. Tu étais sur le site au café ce matin. Ne fais pas l'idiot ! Leo Klein et Sandra Nadel avaient participé à ce tournoi. Ça te dit quelque chose ?

Erik secoua la tête et leva son portable pour protéger son cou. Il se sentait acculé. Le visage d'Albert se trouvait à quelques centimètres de son nez. De plus, son voisin avait posé les mains de part et d'autre de sa tête, sur le mur. Erik ne pouvait pas bouger. Impossible de s'échapper.

— Ils ont été assassinés au cours des mois passés. Mais tu étais sûrement au courant des crimes de Brême, poursuivit-il en regardant fixement Erik.

— Non… Je ne savais pas.

— Je connaissais Sandra, déclara-t-il tout à coup, très sérieux. On était dans le même lycée, et je la voyais souvent au club d'échecs. J'ai joué contre elle la finale des jeunes talents. Cette fois-là, elle a gagné. Et maintenant, elle est morte, on l'a retrouvée poignardée il y a quelques jours près de Hambourg.

Erik ouvrit des yeux démesurés. Son voisin avait fréquenté la dernière victime de Brême. Il s'efforça de dissimuler son étonnement et garda le silence.

— Je l'ai rencontrée le soir de sa disparition, continua Albert. Je suis tombé sur elle à la bibliothèque. On cherchait tous les deux le même livre, des poèmes de Goethe, pour un devoir de littérature. Comme il ne restait qu'un exemplaire, je lui ai dit de le prendre, mais à condition qu'elle me le passe quelques jours après. Je me souviens qu'elle était pressée. Elle avait un peu traîné avec une copine du club, et elle ne voulait pas tarder davantage.

Toujours collé au mur, Erik écoutait religieusement chaque phrase. Tout juste s'il battait des paupières. Il gardait son portable bien contre lui, érigé en barrière pour se protéger.

— Sandra Nadel est morte, répéta le voisin. Comme Leo Klein et Conrad Braun. Ils étaient tous les trois bons joueurs d'échecs, ils vivaient tous les trois à Brême… Qu'est-ce que tu en penses, Vogler ? C'est comme si quelqu'un jouait une partie horrible et qu'il éliminait les pièces une à une. Trois de tombées… Qui sera la suivante ?

Albert sourit, sans s'écarter du mur où il s'appuyait. C'était une mimique ironique et mystérieuse, mais également un sourire qu'Erik ne connaissait pas : cette fois, les lèvres du voisin s'ouvrirent légèrement laissant entrevoir deux canines aiguisées et brillantes. Erik tremblait de tout son corps, si bien que l'ordinateur faillit lui glisser entre les doigts. Il aspira une goulée d'air glacé. Sans réfléchir, il se baissa brusquement pour filer sous un des bras d'Albert.

Ensuite, il se mit à courir comme un fou dans la rue. Ses Lombartini volèrent au-dessus des flaques. De temps en temps, elles retombaient dans l'eau, mais, en ce moment de crise, Erik Vogler ne se souciait pas de la propreté de ses chaussures italiennes. Seules deux choses lui importaient : atteindre sain et sauf la maison de sa grand-mère et retourner à Brême aussi vite que possible.

Chapitre XV

Insomnie

Hors d'haleine, Erik parvint à la maison et tambourina à grands coups sur la porte. « Allez, allez ! » se répétait-il à voix basse. Il entendit des pas lointains de l'autre côté. Il tourna la tête pour s'assurer qu'Albert Zimmer ne le poursuivait pas. Dans la rue, il n'y avait personne, à part le chat noir croisé le premier jour, qui rôdait sur le trottoir. Arborant le même regard jaune menaçant, il feulait et montrait ses crocs acérés.

Erik se remit à toquer avec frénésie.

— C'est bon, j'arrive ! s'exclama Berta en descendant l'escalier.

Le chat noir se trouvait désormais à deux pas de lui. Le dos arrondi, les poils hérissés, il semblait prêt à bondir sur Erik à tout moment pour le griffer. L'adolescent tapa de nouveau sur le battant, de toutes ses forces. Dès qu'il le vit s'entrebâiller, il se faufila à toute vitesse dans l'entrée.

— Mais alors, qu'est-ce qui te prend ? protesta Berta en s'effaçant pour lui permettre de s'avancer.

— Pardon ! haleta son petit-fils qui, penché en avant, essayait de retrouver son souffle.

— Tu vas bien ? demanda Berta en l'observant, effarée.

Erik acquiesça et ôta son écharpe. Ses poumons menaçaient d'éclater. Pâle, il était couvert de sueur froide. Sous le regard ébahi de sa grand-mère, il alla s'effondrer sur le canapé du salon. Ses Lombartini étaient en piteux état. Il défit les lacets, les retira et décida d'aller se changer.

Dès les premières marches, un petit objet s'échappa de l'une des poches de son manteau. Berta le vit rebondir dans l'escalier, pour atterrir sur le tapis de l'entrée. Elle le ramassa aussitôt : c'était le roi blanc, maculé de sang.

Elle leva les yeux, qu'elle fixa sur Erik, resté paralysé devant la scène.

— Tu peux m'expliquer ?

— Je… j'ai trouvé la pièce dans ma chambre, mamie. Je ne vois pas du tout comment elle a pu arriver là.

— Et le sang, c'est le tien ?

— Non, je ne sais pas d'où il vient. Elle était déjà tachée quand elle est apparue.

— Je ne comprends pas ce qui se passe, Erik, mais tu es encore plus bizarre que d'habitude… Tu as passé tout l'après-midi chez Verner ?

— Évidemment, pourquoi cette question ?

— Parce que tout à l'heure, pendant que je regonflais mon vélo à la cave, j'ai entendu un bruit dans le séjour. Quand je suis montée, la platine tournait et quelqu'un y avait placé un disque. La jaquette était par terre.

— Quel disque ? l'interrogea Erik, qui se doutait de la réponse.

— Schubert, *La Jeune Fille et la Mort*. Je me suis dit que c'était peut-être toi…

— Je t'assure, je reviens juste du café. Tu peux demander à Verner.

Berta le regarda avec méfiance, souhaitant ardemment être à dimanche, quand Frank viendrait récupérer son casse-pieds de petit-fils. Cependant, elle garda le silence et contempla de nouveau le roi blanc ensanglanté. Que lui cachait donc ce gamin, qui la fixait d'un air ahuri depuis l'escalier ? Qu'avait-il découvert ? À quoi consacrait-il tant d'heures, au café ? À l'évidence, il ne lui raconterait rien.

Berta pinça les lèvres, puis lui adressa un geste énergique pour lui signifier de monter dans sa chambre. Erik obéit et disparut dans l'escalier. Un peu plus tard, il descendit à la cuisine, vêtu d'un pyjama doré avec des chaussons assortis. Il portait par-dessus un peignoir de satin marron. Il n'avala presque rien du dîner. Sa grand-mère avait posé le roi blanc au centre de la table, et aucun d'eux ne prononça un mot avant le dessert. À ce moment, Berta, très sérieuse, s'éclaircit la gorge et annonça :

— On parlera demain.

La tête basse, Erik monta l'escalier. Une fois dans sa chambre, il se dirigea vers la table de nuit, dont il ouvrit le premier tiroir, où il avait gardé le message contenant les mystérieux vers de Goethe. Il s'assit sur le lit et les relut très lentement à voix haute :

Et voici qu'une arête de fer
– sa dernière heure est venue –
La retient accrochée par un bout.
Déjà pâlit et disparaît la clarté de la lune…

Quel message voulait lui envoyer Sandra Nadel ? Pourquoi avoir emporté cette page à Grasberg ? Que voulait-elle dire par « sa dernière heure est venue » ? L'assassin jouait-il une macabre partie d'échecs avec ses victimes pour éléments du jeu, comme l'avait insinué Albert ? Quelle serait la pièce suivante à tomber ? Toutes ces questions et bien d'autres se succédaient dans son esprit.

Il pensa également à sa grand-mère, au roi blanc qui avait roulé dans l'escalier, et à ce qu'elle lui avait dit en fin de repas : « On parlera demain. » Bien entendu, Erik ne comptait évoquer ni avec elle ni avec personne le fantôme de Sandra Nadel, sa dernière rencontre avec Albert, ou les crimes sur lesquels il enquêtait. Il souhaitait simplement retourner chez lui et s'éloigner de ce lieu.

Il chercha son téléphone pour envoyer un message à son père :

Tu me manques.

Ensuite, il défit d'un geste lent la ceinture de son peignoir, qu'il déposa méticuleusement sur le dossier d'une chaise, et se glissa sous les couvertures pelucheuses. Il posa la tête sur l'oreiller et se remémora les paroles d'Albert : « J'ai joué contre elle la finale des jeunes talents. Cette fois-là, elle a gagné. Et maintenant, elle est morte. » Il ferma les yeux quelques secondes. « Alors comme ça, Sandra Nadel avait battu Albert Zimmer à la finale du tournoi… Dans ce cas, qui est le roi blanc taché de sang ? Qui a tué Sandra Nadel ? » Il rouvrit les paupières et se mit à fixer le plafond.

Les minutes s'égrenèrent et, malgré ses efforts, il ne parvint pas à dormir plus de quelques instants. Ce fut une affreuse nuit d'insomnie nourrie d'images en continu : le fantôme de Sandra Nadel dans le couloir, les canines effilées d'Albert Zimmer, le chat aux yeux jaunes, le roi blanc maculé de sang…

Au petit matin, il commença à pleuvoir. Les grosses gouttes tapaient à grand bruit sur les vitres du balcon. Par moments, Erik risquait un œil vers la porte-fenêtre, tout en priant pour que le fantôme ne réapparaisse pas comme la première nuit. Les heures s'écoulèrent avec lenteur, ou, en tout cas, lui parurent infinies. Il pensait à son envie de retourner à Brême, sa ville.

Au lever de soleil, la pluie cessa. Erik, qui avait passé une nuit blanche, finit par s'endormir, vaincu par la fatigue. Il était sept heures du matin. Quand il se réveilla et regarda son réveil, il fut éberlué.

— Midi et demi ! s'exclama-t-il.

Il sauta du lit aussi vite que possible, s'habilla et se chaussa avec précipitation. Il rangea ses vêtements dans sa valise, ainsi que son ordinateur. Il laissa ses bagages prêts à emporter dans sa chambre et inspecta le tiroir de la table de nuit pour ne rien oublier. Il en sortit quelques affaires personnelles et mit le papier laissé par Sandra Nadel dans la poche intérieure de son manteau. Ensuite, il descendit l'escalier et, en arrivant dans le séjour, se rendit compte que sa grand-mère était partie. *Je rentre à l'heure du repas*, annonçait un mot sur la table.

Sans hésiter, Erik revêtit son manteau et sortit à son tour. Il soufflait un vent à décorner les bœufs. La gomina qu'il s'était appliquée ne put résister aux rafales incessantes et, pour finir, ses cheveux se retrouvèrent à pointer dans des sens différents, défiant la gravité et se rebellant contre le monde. Malgré tout, le garçon accéléra le pas, indifférent au désordre de sa coiffure et aux taches sur ses Lombartini. Il marcha d'un bon pas jusqu'à l'arrêt d'autobus de Grasberg, où il étudia les horaires.

Pendant son retour vers la maison, une bourrasque lui arracha son écharpe.

— C'est pas vrai, mon écharpe en angora, se lamenta-t-il.

Il s'élança à sa poursuite et, durant quelques secondes, elle resta suspendue en l'air. Il tenta de l'atteindre par de petits sauts, mais en vain. Le souffle d'air changea de direction et l'écharpe fut projetée, de façon irrémédiable, dans une flaque sur la chaussée…

Chapitre XVI
La décision d'Erik

Quand Erik retourna chez sa grand-mère, celle-ci l'attendait dans la cuisine. Elle avait préparé une soupe de légumes dont l'arôme se répandait dans toute la maison.

— Nom d'un petit bonhomme ! s'exclama-t-elle, ébahie, en le voyant franchir la porte. D'où viens-tu comme ça ? Que t'est-il arrivé ?

Elle examinait les cheveux de l'adolescent, ainsi que l'écharpe boueuse qu'il ôtait d'un geste mélancolique.

D'un mouvement rapide, son petit-fils porta les mains à sa tête. Il chercha ensuite son reflet dans une vitre du vaisselier. L'image qu'il aperçut était affolante. Son visage était pâle et creusé, son expression épouvantée… Quant à ses cheveux, ils semblaient revenir tout droit de l'enfer.

Sans dire un mot, il monta dans sa chambre et chercha dans sa trousse de toilette des accessoires pour se redonner une apparence présentable : peigne, gel, crème hydratante, anticernes… Ensuite, face au miroir de la salle de bains, il remit chaque cheveu en place. Avec la même précision, il atténua les marques de fatigue. Enfin, il s'aspergea le cou d'un jet de parfum. Il contempla son aspect et se sentit un peu mieux. De retour dans la chambre, il rangea son écharpe dans un sac en plastique hermétique, qu'il plaça dans sa valise. « Je la laverai à la main en rentrant chez moi », se dit-il pour se rasséréner.

Quand il redescendit, sa grand-mère avait déjà mis le couvert et servait la soupe. La mixture fumait tellement qu'ils durent patienter le temps qu'elle refroidisse, assis l'un en face de l'autre. Berta profita de ce moment pour sortir la pièce d'échecs de la poche de son tablier, et la posa au centre de la table, comme la veille au soir. Cette fois-ci, en revanche, elle paraissait disposée à exiger des éclaircissements. Les yeux fixés sur le roi blanc, Erik évita son regard quelques instants.

— J'attends encore que tu m'expliques ce qui se passe, commença la grand-mère. Je sais bien que tu préférerais être à New York avec ton père, ou encore à Brême. Je me doute que tu voudrais être n'importe où plutôt qu'ici, mais je suis responsable de toi pendant cette semaine et je fais des efforts pour te comprendre. Pourtant, je t'avoue que, depuis ton arrivée, je suis déconcertée par tes réactions, Erik. Tu n'as rien à dire ?

— Je… suis désolé.

— Je ne te demande pas d'excuses. Je voudrais simplement savoir ce que peut signifier cette pièce d'échecs couverte de sang. Tu t'es fourré dans des ennuis ?

— Non… Je l'ai trouvée dans ma chambre, je te l'ai déjà dit.

— Très bien, très bien. Elle est sortie de nulle part, tachée de sang, et tu ne sais pas comment elle a atterri entre tes mains, conclut Berta. Et ce matin, où étais-tu parti ?

— Je suis allé me promener, je voulais me dégourdir les jambes, improvisa Erik.

— Te promener… Dorénavant, et jusqu'au retour de ton père, énonça Berta d'un ton ferme, sans quitter des yeux son petit-fils, soit tu resteras à la maison, soit tu m'accompagneras partout. Je sais que tu me caches quelque chose et que tu n'es pas prêt à cracher le morceau, mais je ne vais pas permettre qu'il t'arrive quoi que ce soit, ni que tu t'attires des problèmes pendant que tu es sous ma responsabilité. C'est compris ?

Erik acquiesça et appuya ses paumes sur la serviette posée sur ses genoux.

— Et maintenant, poursuivit Berta pour clore la conversation, on mange, ça va être froid.

Elle prit une première cuillerée de soupe, qui fumait toujours. Erik l'imita et se brûla le palais, mais se garda bien de s'en plaindre. Il avala une gorgée d'eau fraîche et s'arma de courage pour s'attaquer à la cuillerée suivante. À la fin du repas, Berta resta dans la cuisine pour faire la vaisselle.

Prétextant qu'il devait se brosser les dents, Erik se rendit à l'étage. Muni du nécessaire, il s'introduisit dans la salle de bains. Devant le miroir, il tira la langue : elle était encore plus brûlée que la veille après son thé. De petites ampoules s'étaient même formées sur les côtés. « Pauvre de moi ! » se désola-t-il en appuyant sur le tube de dentifrice.

Ensuite, il se regarda dans les yeux. « Le moment est venu », se répéta-t-il avec décision. Il sortit de la pièce et jeta un œil dans l'escalier. Sa grand-mère était toujours dans la cuisine. Après avoir consulté sa montre, il saisit sa valise et son parapluie. « J'ai le temps », s'encouragea-t-il en ouvrant la porte de sa chambre. Le prochain car pour Brême devait passer dans moins d'un quart d'heure.

Il prit sa valise à la main pour être le plus silencieux possible, puis, avec moult précautions, commença à descendre les marches. Il entendait les bruits de vaisselle dans l'évier. Erik poursuivit sa descente en évitant de frôler la rampe. Il respirait à peine. Il était arrivé au milieu de l'escalier, mais le poids de sa valise devenait insupportable.

« Allez, j'y suis presque ! » Les yeux rivés vers la cuisine, il garda son calme, se reposa quelques secondes et reprit son souffle. Il descendit encore une marche. Pendant un instant, sa Lombartini gauche resta en l'air, et il faillit perdre l'équilibre. Il rectifia le tir au dernier moment pour éviter la chute. Son cœur battait avec force. « Plus que trois marches, plus que trois ! » pensa-t-il.

Il continua en surveillant chacun de ses mouvements. Quelques instants plus tard, il était devant la porte d'entrée. Il posa sa valise à terre avec délicatesse pour tourner la poignée, qui émit un léger grincement. Il entrouvrit les lèvres et resta immobile, sans oser regarder par-dessus son épaule. La cuisine était silencieuse. Bientôt, il entendit l'eau couler. Avec une profonde inspiration, il tira le battant, saisit son bagage et se mit à courir jusqu'à l'arrêt d'autobus de Grasberg.

Chapitre XVII

Le car de Brême

Erik traversa la rue à toute vitesse. Les roulettes de sa valise rebondissaient sur les pavés et laissaient un sillage dans les flaques. Le ciel était couvert, il soufflait toujours un vent désagréable et la pluie menaçait. « Moins de dix minutes pour y être », pensa Erik en allongeant le pas. Il entra dans le parc qu'il devait traverser pour rejoindre l'arrêt de bus. Une fois monté dans le car pour Brême, il laisserait derrière lui le cauchemar de ces derniers jours.

À la sortie du parc, on cria son nom, et il reconnut aussitôt cette voix.

— Vogler, Vogler, attends-moi !

Loin derrière lui, Albert Zimmer lui adressa un geste du bras dans l'espoir qu'il se retourne. « Surtout pas ! » Erik feignit de ne pas l'avoir entendu et accéléra encore le rythme.

— Vogler, tu vas où ? cria son voisin, qui se mit à courir sur le sentier.

En entendant de nouveau les vociférations d'Albert, Erik regarda par-dessus son épaule et découvrit sa silhouette qui avançait rapidement entre les troncs d'arbre et les arbustes. Il ouvrit des yeux épouvantés.

S'il se laissait rattraper, il n'arriverait pas à temps à son car. Il s'arrêta un instant pour saisir sa valise à pleins bras et se mit à courir à toutes jambes. Il était si nerveux qu'il traversa la rue sans regarder. Par chance, il n'y avait aucun véhicule. Sans ralentir sa folle allure, il évita une promeneuse, qui le menaça de son parapluie.

Erik chercha des yeux son objectif. L'arrêt apparaissait au loin. Il respira un bon coup, serra sa valise contre lui et poursuivit sa course. Il avait un point de côté, sentait sa poitrine oppressée et n'avait quasiment plus de souffle. « Ma valise est trop lourde », se dit-il. Mais il n'avait d'autre choix que de continuer s'il souhaitait échapper à ce village, à sa grand-mère et, surtout, à Albert Zimmer.

Il se remémora le sourire inquiétant de son voisin, celui qui dévoilait ses canines proéminentes. Il raffermit sa prise sur sa valise. Son poursuivant était sur le point de sortir du parc et n'avait pas renoncé à le rejoindre. Au coin de la rue, un car apparut. Albert, qui s'apprêtait à traverser, dut s'arrêter net pour laisser passer le véhicule juste devant lui. Le chauffeur lui adressa de la tête un signe de reproche.

Entre-temps, Erik essayait de retrouver son souffle et regardait tour à tour, avec une inquiétude croissante, le voisin bien décidé à le rattraper et le car qui s'approchait avec une lenteur insupportable. Il fixa son regard sur l'affichage et lut *Brême.* « Enfin, j'ai un peu de chance ! » se dit-il.

À peine la porte s'était-elle ouverte qu'il se précipita à l'intérieur et acheta un billet.

— Allez, allez, on y va ! répéta-t-il entre ses dents, sans détourner le regard de l'accès, toujours béant.

Le véhicule s'ébranla juste au moment où Albert arrivait à sa hauteur. La porte se referma sous son nez. Il lança un coup de poing en l'air pour protester, et le chauffeur y répondit par un regard de justicier dans le rétroviseur. Albert Zimmer tenait un objet dans sa main gauche, qu'il agita plusieurs fois, malgré un air vaincu. Après avoir placé sa valise dans le porte-bagages, Erik se laissa tomber dans le premier siège, à côté de la vitre. Il ne voulait pas se retourner. Il s'appuya sur le coude et ferma les yeux. Son cœur battait toujours à un rythme frénétique. Son téléphone se manifesta : son père lui disait qu'ils se reverraient bientôt, et qu'il devait garder patience avec sa grand-mère. En lisant ces mots, Erik se sentit honteux. Quand son père saurait qu'il s'était enfui de Grasberg, il allait lui passer un sacré savon.

Le car continuait d'avancer en direction de Brême. Les kilomètres défilèrent et le pouls d'Erik retrouva sa cadence habituelle. La ville s'approchait de plus en plus.

Avec un long soupir, il aperçut les abords de la ville. Malgré lui, il lâcha un sourire de soulagement. Il s'était libéré d'Albert Zimmer, des sermons de sa grand-mère, des matelas humides et des couvertures pelucheuses, des nuits blanches… et, autant se l'avouer, il avait peut-être laissé à Grasberg le fantôme de Sandra Nadel. L'image du roi blanc maculé de sang lui revint, et il secoua la tête pour tenter de la chasser. Il fallait oublier ces crimes. « Ce ne sont pas mes affaires », se raisonna-t-il. Il résolut de s'occuper l'esprit et se mit à écouter de la musique sur son téléphone portable.

Peu de temps après, le chauffeur arrêta le véhicule au terminus. Erik contempla la rue, les vitrines des magasins, les trottoirs, les piétons perdus dans leurs pensées… Enfin, il était de retour à Brême !

Il descendit les marches du car, avec la sensation libératrice d'avoir mis en déroute Albert et de s'être libéré du fantôme de Sandra Nadel. Il laissait derrière lui des journées affreuses et sa grand-mère excentrique. Il l'appellerait dès qu'il serait chez lui pour éviter qu'elle s'inquiète. Au fond, elle serait bien contente qu'il soit parti. Ou du moins, c'était ce qu'il avait besoin de penser pour ne pas se sentir coupable.

Il ne tarda pas à recevoir quelques gouttes de pluie sur son visage. Il chercha son parapluie, l'ouvrit, et inclina sa valise. Les roulettes glissèrent sur le sol pour suivre leur propriétaire.

Le car de Brême resta très silencieux au milieu de la ville. Ses phares semblaient observer l'adolescent qui s'éloignait, abrité sous un parapluie noir.

Chapitre XVIII

Clés perdues

Un peu avant d'arriver dans sa rue, Erik porta la main à la poche droite de son pantalon. C'est alors qu'il se rendit compte que les clés de chez lui ne s'y trouvaient pas.

Il s'abrita de la pluie sous l'auvent d'une boutique. Il ferma le parapluie, qu'il laissa appuyé contre la vitrine. Il lâcha sa gigantesque valise et se mit à tâter toutes les poches de son manteau et de son pantalon. En constatant que le trousseau n'apparaissait nulle part, il commença à se sentir nerveux.

« Mais il est passé où ? » s'interrogea-t-il en déboutonnant son manteau.

Il ouvrit les deux pochettes intérieures et les fouilla consciencieusement, mais en vain. Il trouva le papier où étaient notés les vers de Goethe, son téléphone portable, un porte-monnaie en cuir, trois pastilles pour la gorge, un mouchoir de soie brodé de ses initiales… mais pas de trace du porte-clés.

« Je l'aurais fait tomber en fuyant Albert Zimmer ? » pensa-t-il soudain, abasourdi.

Il souffla un bon coup avant de reproduire ses gestes pour chercher le trousseau. Au bout de quelques minutes, il dut se résigner à reconnaître qu'il l'avait perdu.

Il imagina ses clés abandonnées dans le parc de Grasberg. « Quelle tuile ! Et maintenant, qu'est-ce que je fais ? » se demanda-t-il en s'adossant à la vitrine. Il était perdu.

« Je suis un fugitif, se dit-il. Loin de chez ma grand-mère, mon père parti à New York, sans clés, sous cette pluie qui n'en finit pas… »

— Dis donc, pas touche à ma vitrine ! protesta un vieil homme qui ouvrit d'un coup la porte de son horlogerie.

Apeuré par le cri de l'horloger, Erik se redressa avec un regard contrit. Comme il ne savait pas quoi faire, il entra dans un café accueillant pour se protéger du froid et de la pluie. Il venait de commander un jus d'ananas sans glaçons, quand un sourire naquit sur ses lèvres. Il avait la solution. Son père laissait en général un jeu de clés chez le voisin quand ils partaient en vacances. « M. Adler pourra m'ouvrir », conclut-il, rasséréné.

Il profita en silence de cette petite victoire en savourant sa boisson. De temps à autre, il était assailli par l'image de sa grand-mère et se disait qu'il l'appellerait dès qu'il serait rentré chez lui. Il ne voulait pas le faire depuis le portable. Même s'il ne savait pas trop ce qu'il lui dirait, ni comment il allait s'excuser de cette fuite imprévue, une fois dans son appartement, il se sentirait plus assuré et recouvrerait des forces pour expliquer sa réaction. Après un moment à contempler la pluie derrière les vitres du café, il termina son verre.

Une fois tranquillisé, il fut pris de doutes : et si le voisin était lui aussi parti en vacances ? Que faire, dans ce cas ? Comment accéder à l'appartement ? Où pourrait-il passer la nuit ? Il se leva de son siège et régla sa consommation à la serveuse, l'esprit ailleurs. « Tout ce qu'il faut, se répétait-il, c'est que M. Adler ne soit pas sorti ce soir. »

En quittant le café, Erik dut rouvrir le parapluie. La nuit tombait et les lampadaires commençaient à éclairer les trottoirs.

Il passa par un croisement et regarda sur sa droite. C'était la rue où se trouvait le club d'échecs qu'avaient fréquenté Sandra Nadel, Leo Klein et Conrad Braun. Pris d'un frisson, Erik remonta le col de son manteau pour se protéger le cou, puis, d'un pas décidé, avança droit devant lui.

Il ne tarda pas à déboucher dans sa rue. Il vivait avec son père dans un bâtiment à deux étages. Ils occupaient l'un des logements du premier, à côté de celui de M. Adler. Au deuxième étage, un appartement était vide depuis quelque temps et l'autre, au-dessus des Vogler, était habité par la vieille Ursula Rohmer.

Juste au moment où Erik s'apprêtait à monter les marches qui le séparaient du hall d'entrée, Mme Rohmer en sortit. La voisine le salua d'un petit mouvement de tête tout en ajustant son chapeau. L'adolescent l'imita et lui tint la porte.

— Quel temps de chien ! Il n'a pas arrêté de pleuvoir de la semaine, je ne vais jamais guérir de mon rhume ! se plaignit la vieille dame en regardant les grosses gouttes d'eau qui tombaient sur les toits de Brême. Merci, Erik. Ah, tu reviens de voyage ! comprit-elle en remarquant sa valise.

— Euh… oui, oui. On a fait une escapade de quelques jours.

— Et ton père ?

— Mon père ? répéta Erik, décontenancé. Il me suit, bien entendu. On rentre de vacances… on arrive juste de l'aéroport, décréta-t-il.

— Et où êtes-vous allés, cette fois-ci ? demanda sa voisine en sortant un mouchoir de la poche de son manteau.

— À New York.

— New York ! Ah, j'y ai passé quelques jours il y a bien longtemps, avec mon mari… se souvint avec nostalgie la vieille dame, qui, après s'être mouchée, roula le tissu en boule pour le fourrer dans sa manche. On avait adoré. Ça s'est bien passé ?

— Génial, génial ! Bon, je suis très content de vous avoir vue, dit Erik pour essayer de se débarrasser de la voisine. Ici, tout va bien ? demanda-t-il en passant la porte, avec un sourire forcé destiné à paraître aimable.

— Oh, oui, fit Mme Rohmer, l'air soucieuse, en ouvrant son parapluie. Évidemment, avec les dernières nouvelles, je suis un peu inquiète.

— Les dernières nouvelles ?

— Oui, tous ces meurtres. Je ne sais pas si tu es au courant, mais il y a quelques jours, une jeune fille est morte à Hambourg. Elle s'appelait Sandra Nadel, c'était la petite-fille d'une bonne amie à moi. Sa famille habite à Brême. Je sors justement lui présenter mes condoléances. Quelle tristesse ! Elle avait quinze ans, seulement…

Erik resta sans voix. Très pâle, il regarda la vieille dame descendre lentement les marches du perron de l'immeuble. Pendant tout le temps qu'il la suivit des yeux, il ne sut comment réagir. Enfin, en silence, il monta non sans difficulté l'escalier qui conduisait au premier étage. Les roulettes de sa valise s'arrêtèrent sur le palier, devant la porte de M. Adler. Il appuya sur la sonnette, mais personne ne vint. Il sonna de nouveau.

Chapitre XIX

Une fâcheuse surprise

Erik se mordilla la lèvre inférieure. Il finit par insister et sonner pour la troisième fois. L'appartement de son voisin restait plongé dans le silence. Pendant un instant, il craignit le pire : « Qui sait, M. Adler est peut-être parti en vacances. Lui aussi, il est à New York, et en ce moment, il mange dans le même restaurant que mon père. Et dans ce cas, je fais quoi ? » se demanda-t-il, piteux. Le retour chez sa grand-mère était un dernier recours, c'était clair. Mais… où allait-il dormir cette nuit ?

Abattu, il s'affaissa sur l'une des marches de l'escalier et posa la tête sur sa valise. C'est alors qu'il entendit des pas qui s'approchaient de l'autre côté de la porte. Ensuite, le grincement de la clé qui tournait dans la serrure, très lentement. Erik se leva d'un bond et attendit, le sourire aux lèvres. Non, M. Adler n'était pas parti en vacances. Il n'était pas à New York. Par chance, il était resté à Brême, et il avait un jeu de clés des Vogler. Erik respira de façon plus tranquille.

— Bonsoir, monsieur Adler.

— Erik, qu'est-ce que tu fais là ? demanda son voisin à la silhouette massive. Ton père m'avait prévenu que vous seriez à New York, et que vous ne rentreriez pas avant samedi dans la nuit.

— Bah, c'est une longue histoire, soupira le garçon. En fin de compte, je n'ai pas pu partir, parce que mon père s'est trompé dans la réservation des billets. Je suis resté chez ma grand-mère ces jours-ci, à Grasberg.

— Et ton père ?

— Il est toujours à New York, il ne revient pas avant demain. Le pire, c'est que j'ai perdu mes clés. Je ne peux pas rentrer chez moi. Vous pourriez me passer le trousseau laissé par mon père ?

— Mais bien sûr. Entre donc, mon garçon. Ne reste pas dehors. Frank est venu me les donner un ou deux jours avant son départ, comme d'habitude. Elles doivent être par là…

— Merci, répondit Erik en le suivant.

Il était déjà venu là quelques fois avec son père. C'étaient des visites très courtes, pour échanger à propos de la copropriété ou pour se rendre de petits services entre voisins. Le salon où Erik fut introduit par M. Adler ne lui était donc pas inconnu. Il ôta son manteau et attendit le retour de son voisin.

— Je crois que j'ai laissé les clés dans mon bureau, je vais les chercher. Assieds-toi, tu as l'air fatigué, suggéra M. Adler, qui disparut dans le couloir.

Suivant son conseil, Erik se mit à l'aise et respira profondément. La nuit était tombée sur Brême et la pluie frappait toujours les carreaux des fenêtres. En face du canapé se trouvait une table basse rectangulaire couverte de livres. Il les parcourut du regard : certains étaient restés ouverts et laissaient voir des marque-pages ou des annotations dans les marges. D'autres formaient des piles à l'équilibre précaire. Pour se distraire, Erik entreprit de lire en silence les noms des auteurs.

Dans le premier tas, il trouva, entre autres, Shakespeare, Byron, Dickens et Virginia Woolf. Dans le deuxième, Kerouac, Steinbeck, Truman Capote et Arthur Miller. Dans le troisième apparurent Baudelaire, Rilke, Marguerite Duras, Kafka, Soljenitsyne, Tchekhov et, tout au sommet… Goethe.

Le regard d'Erik s'arrêta sur ce dernier ouvrage. Sous le nom du poète, il y avait une étiquette comportant une série de chiffres. Erik s'efforça de ne pas s'affoler. L'exemplaire qu'il examinait en silence appartenait à une bibliothèque municipale de Brême.

Les yeux rivés sur la couverture, il ouvrit son manteau, les doigts raidis par la nervosité, en sortit son carnet pour y chercher la cote attribuée au livre emprunté par Sandra Nadel le jour de sa disparition.

Il fit défiler les pages à toute vitesse, jusqu'à pouvoir comparer la série de nombres à celle copiée au café de Grasberg.

— C'est pas possible, c'est pas possible… se répéta-t-il à voix basse.

Horrifié, il saisit le livre et vérifia encore une fois les chiffres. Aucun doute, c'étaient les mêmes. Il s'agissait du recueil dont lui avait parlé Albert Zimmer : celui emprunté par la jeune fille assassinée.

Sans oser l'ouvrir, il s'imagina qu'à l'intérieur, il y aurait les vers de « La Danse macabre », qui avaient été déposés sur son oreiller. Son sang ne fit qu'un tour.

— Voilà, j'ai trouvé tes clés ! s'écria bientôt M. Adler depuis l'autre bout de l'appartement.

Erik fit un bond sur le canapé. Les pas de son voisin s'avançaient dans le couloir. Le cœur battant violemment, Erik rangea son carnet et se dépêcha de replacer le livre sur sa pile. Soudain, le bruit de pas s'arrêta devant la cuisine.

— J'allais mettre de l'eau à chauffer. Tu préfères un thé ou une camomille ?

« De l'eau à chauffer ? » pensa l'adolescent, sans cesser de surveiller la porte d'entrée. Ce qu'il aurait préféré en ce moment, c'était quitter les lieux au plus vite. Mais pour s'échapper, il devait d'abord récupérer ses clés. Il lui fallait donc prendre sur lui-même et agir comme si de rien n'était. Il serra les poings, s'éclaircit la gorge et, avec tout le sang-froid dont il fut capable, demanda une camomille de la voix la plus ferme possible.

Son voisin revint peu après dans le salon avec un plateau chargé des infusions, qu'il essaya de poser sur la table basse. Comme il n'y avait presque pas de place, la troisième tour de livres s'effondra au sol.

Erik s'agenouilla aussitôt et entreprit de les ramasser en évitant de regarder son voisin dans les yeux. M. Adler l'imita et, en quelques instants, ils avaient entassé les ouvrages sur le tapis. Il n'en restait qu'un ouvert au milieu. Celui de Goethe. Erik et son voisin le saisirent en même temps. L'une des pages était déchirée : il manquait un fragment de poème. Voyant cela, Erik retira ses doigts comme si le papier l'avait brûlé.

— Houlà, c'est un peu encombré ! Excuse le désordre, dit M. Adler en prenant la pile de ses énormes mains. Je vais ranger ça sur une étagère de mon bureau. Je reviens tout de suite. Si tu veux du sucre, tu peux le mettre dans ta tisane pendant qu'elle refroidit, proposa-t-il, les yeux fixés sur Erik.

— Merci beaucoup, répondit le garçon en attrapant une petite cuillère, qu'il plongea dans le sucrier.

Comme le voisin sortait de nouveau du salon, Erik se mit à souffler avec énergie sur son infusion. Cela lui prendrait ainsi moins de temps pour se sortir de là, ou du moins, c'est ce qu'il se dit pour se donner du courage. Entre-temps, M. Adler était entré dans son bureau et cherchait un endroit où entreposer les livres. Une fois qu'il eut trouvé, il se retourna et se pencha sur son tourne-disque.

Pendant qu'Erik soufflait sans relâche pour refroidir sa camomille, un vieux disque se mit à tourner sur la platine. M. Adler plaça l'aiguille avec délicatesse et monta le volume. Erik arrêta tout net ses efforts désespérés. Le visage décomposé, il écouta : la mélodie de *La Jeune Fille et la Mort* résonnait dans tout l'appartement. Peu après, son voisin revint et s'assit dans l'un des fauteuils, à côté de la table. Il avait l'air paisible. Il prit sa tasse, qu'il porta à ses lèvres.

— Ah, c'est trop chaud ! protesta-t-il en la posant sur sa soucoupe.

Observant Erik, il lui demanda avec curiosité :

— Comment as-tu fait pour en boire la moitié ? La mienne est toujours brûlante.

— J'ai un peu soufflé et la température est bonne, répondit Erik, sans cesser de tourner la cuillère.

— Tu aimes la musique classique ? demanda M. Adler, qui croisa les jambes et s'enfonça confortablement dans son fauteuil.

— Euh, ben… un peu.

— Tu connais cet air ? demanda le voisin en levant l'index.

— Non, je ne l'avais jamais entendu, mentit Erik en brassant son infusion encore plus vite.

— C'est un quatuor à cordes de Schubert que j'adore. *La Jeune Fille et la Mort*. Je pourrais l'écouter pendant des heures sans m'en lasser. Je le connais par cœur.

M. Adler ferma les yeux et se mit à fredonner la mélodie. De sa cuillère, il dessinait de petites vagues qui suivaient le rythme du morceau. Erik l'observait, terrorisé. Voilà pourquoi cette musique lui avait paru si familière quand elle avait retenti chez sa grand-mère. Bien sûr qu'il l'avait déjà entendue…

… depuis son appartement, à travers la cloison qui le séparait de M. Adler ! Le fantôme de Sandra Nadel n'avait fait qu'essayer de l'avertir du danger qu'il courait. « Elle a sûrement dû entendre cet air avant de mourir », se dit-il, ému, tout en avalant sa dernière gorgée de camomille.

Feignant le calme, Erik chercha du regard les clés sur la table basse. Pas de trace. Son voisin avait toujours les yeux clos et esquissait de grandes arabesques dans l'air, comme pour diriger un orchestre imaginaire. Bientôt, il les rouvrit et lança :

— Tu sais jouer aux échecs ?

— Ah non, pas du tout, répondit le jeune homme en bondissant du canapé, comme s'il avait été monté sur ressort.

— Quel dommage !

— Merci beaucoup pour la tisane, c'était délicieux. Bon… ajouta-t-il en prenant la poignée de sa valise Chantel d'une main et son manteau de l'autre.

Je dois rentrer chez moi. Vous pourriez me donner les clés, s'il vous plaît ?

Mais M. Adler insista :

— Si ça te dit, je pourrais t'apprendre à jouer. Quand j'avais ton âge, j'ai participé à beaucoup de concours internationaux et j'en ai gagné pas mal. Je pense que je serais bon professeur. Il essaya de sourire, mais son regard resta froid, dépourvu de tout sentiment.

— Une autre fois, peut-être, aujourd'hui, je suis très fatigué, s'excusa Erik, qui tenta d'atteindre la sortie.

— Bon, comme tu voudras. Mais si tu as envie, c'est quand tu veux. Je te montrerai de bonnes astuces.

— Je n'en doute pas, répondit Erik avec aplomb.

D'un bond, M. Adler se leva de son fauteuil. Sur des jambes flageolantes, Erik traversa le salon. Malgré la peur qui le rongeait, il avança avec détermination dans l'entrée. Les pas de son voisin le suivirent jusqu'à la porte.

Ils s'arrêtèrent tous les deux, à quelques pas l'un de l'autre. Son voisin le scruta avec attention durant plusieurs secondes qui semblèrent une éternité. Il se caressa la barbe qui lui couvrait une partie de la figure, mit la main à sa poche et en tira un trousseau de clés, qu'il tint en l'air, devant le visage de l'adolescent. Erik réprima son désir de le lui arracher de la main et attendit qu'il le lui tende. Cependant, M. Adler s'était adossé à la porte et l'observait en silence. En fond sonore, le disque de *La Jeune Fille et la Mort* résonnait toujours.

Chapitre XX

Le roi blanc

M. Adler avait appuyé une épaule contre la porte d'entrée et jouait avec le trousseau de Frank Vogler ; Erik était certain que son cœur allait éclater.

— Quand as-tu dit que rentrait ton père ? demanda son voisin en le toisant de haut en bas.

— Demain. Vous pourriez me donner les clés ? Je dois y aller, maintenant, répéta Erik, en s'efforçant de ne pas prendre un ton suppliant.

— Bien entendu.

M. Adler s'écarta et lui tendit le trousseau. Pendant une seconde, Erik pensa qu'il allait le lever au dernier moment pour l'empêcher de l'attraper, comme dans un jeu cruel. Mais ce ne fut pas le cas. Au contraire, il le déposa avec délicatesse dans la paume d'Erik et lui sourit d'un air affable.

Le garçon ouvrit la porte et, sans tourner le dos à son voisin, franchit le seuil. Il avait réussi à atteindre le couloir. Deux mètres à peine le séparaient de chez lui. M. Adler l'observait en silence. En arrivant à son appartement, Erik prit l'une des clés et, masquant le tremblement de ses doigts, l'approcha de la serrure. En cet instant précis, un bout de papier plié s'envola de son manteau et vint se poser à terre. Son voisin s'empressa de le ramasser.

— Attends, tu as fait tomber quelque chose ! l'avertit-il tout en se penchant.

L'adolescent se retourna, effrayé. La clé était enfin entrée dans sa serrure. En quelques secondes, il se dissimula derrière le battant. Son voisin eut seulement le temps d'entendre la porte claquer à grand bruit sous son nez.

— Erik, Erik, tu as fait tomber un papier de ta poche ! cria-t-il en collant ses grosses lèvres à la porte.

Il ne perçut aucun bruit à l'intérieur. Le garçon était resté pétrifié, appuyé à un mur du vestibule. Il avait reconnu le papier dès que celui-ci s'était échappé, et ne pouvait que prier pour que l'autre ne l'ouvre pas. Il retint sa respiration.

Cependant, après quelques secondes d'indécision, M. Adler déplia la petite feuille et sous ses yeux apparurent les trois vers perdus du livre de Goethe.

Entre-temps, Erik avait rassemblé le courage nécessaire pour introduire la clé de l'autre côté de la serrure, fermer la porte blindée de l'intérieur et s'approcher du judas. De là, il pouvait épier son voisin.

Ce qu'il découvrit à travers le petit disque de verre le laissa encore plus terrorisé. M. Adler lisait en silence les vers donnés par le fantôme de Sandra Nadel. Ses yeux bleus parcoururent très vite les mots, pour atteindre la fin du message, puis il braqua le regard sur la porte d'Erik.

Celui-ci sursauta, ses jambes ne le soutenaient plus. Lentement, il esquissa un pas en arrière, puis un autre, et enfin un troisième qui lui fit heurter sa valise. M. Adler entendit le bruit et replia avec soin le papier marqué des vers de Goethe. Ensuite, il s'approcha et tambourina avec force à la porte des Vogler.

— D'où sors-tu ça ? Tu l'as arraché à un de mes livres ? demanda-t-il en s'efforçant de contenir sa colère. Erik, je sais que tu es là. Ouvre, tout de suite !

Erik parvenait à peine à respirer. La voix de son voisin passait à travers le battant et semblait l'atteindre en plein cœur. M. Adler s'était maintenant collé à la porte. En quelques secondes, son visage s'était transformé. Il avait la peau enflammée, les yeux injectés de sang et une veine palpitait à son cou.

— D'accord, très bien. Ce n'est rien. Tu ne veux pas m'ouvrir ? conclut-il en appuyant les mains sur la porte. Tu aimes jouer, c'est ça ? On peut jouer... Je serai le roi blanc.

En entendant cette menace, Erik comprit pourquoi le fantôme de Sandra Nadel avait placé cette pièce d'échecs dans son lit, plutôt qu'une autre. M. Adler était le roi blanc. Le sang qui la souillait représentait sûrement celui de la jeune assassinée.

Erik s'éloigna encore de la porte d'entrée et emprunta le couloir en vitesse ; il se réfugia dans sa chambre où, malgré les convulsions qui l'agitaient jusqu'aux paupières, il parvint à trouver son téléphone dans l'une des poches de son manteau. Il chercha le numéro de sa grand-mère dans son répertoire, puis lança l'appel. Première sonnerie. « Pourvu qu'elle soit là ! Allez, mamie, réponds ! » se répétait-il. Il entendit une deuxième sonnerie, puis une troisième. Des secondes interminables s'écoulèrent, mais le téléphone sonnait toujours à Grasberg. Il n'y avait personne pour décrocher.

Erik poussa un soupir et déplora que sa grand-mère refuse de posséder un portable. « Ça ne sert à rien, ces machins-là. Technologie à la noix ! » disait-elle chaque fois qu'on lui en offrait un.

Ensuite, il envisagea d'appeler son père. Mais à quoi bon ? Il se trouvait à des milliers de kilomètres. Il était incapable de l'aider depuis là-bas. De toute façon, que lui raconterait Erik ? Qu'il avait assisté à l'apparition du fantôme d'une jeune fille poignardée ? Qu'il avait fugué de Grasberg sans prévenir sa grand-mère ? Qu'il était rentré à Brême sans demander la permission à personne ? Que leur aimable voisin, M. Adler, était un tueur en série ?

De son côté, le roi blanc était retourné à son appartement. Il se dirigea droit vers son bureau, où il trouva le livre emprunté par Sandra Nadel à la bibliothèque et chercha la page déchirée. Il constata que le papier d'Erik était bien celui des vers manquants. « Que sait ce garçon ? » s'interrogea-t-il, intrigué. Pourquoi s'est-il enfui comme ça ? À sa réaction, il était certain qu'Erik avait compris, même s'il ne s'expliquait pas comment. Il ne pouvait se risquer à ce que son jeune voisin révèle ses soupçons à un tiers. Dans ce cas, il serait perdu. « Il faut que j'en finisse avec lui, le plus tôt possible ! » se dit-il, les yeux fixés sur l'échiquier près de la fenêtre.

Ensuite, il s'approcha de son appareil à musique et leva l'aiguille du tourne-disque. Aussitôt, la mélodie cessa, laissant la place au battement des gouttes de pluie sur les vitres. Avec de grandes précautions, le voisin d'Erik reprit le disque de Schubert et le rangea dans sa jaquette. Il arrêta la platine et s'approcha, la démarche grave, d'un petit secrétaire dans un coin de la pièce. Il se pencha pour ouvrir un tiroir. À l'intérieur, différents articles de presse évoquaient les disparitions et les meurtres de trois jeunes de Brême.

Il souleva les coupures de journaux et fouilla dessous pour en sortir une bouteille en plastique contenant du chloroforme, accompagnée d'un mouchoir. Ensuite, il tourna la clé du secrétaire et abaissa l'abattant qui servait de bureau. Dans la niche principale, une paire de gants de cuir l'attendait au milieu d'un bric-à-brac. Il les prit et les caressa doucement.

Il se souvint de la jeune Sandra Nadel, assise à côté de la fenêtre de son bureau, paralysée de frayeur, qui regardait l'échiquier placé devant elle le soir de son enlèvement. « Elle n'a pas assez bien élaboré sa stratégie, mais c'est celle qui a été la meilleure des trois », songea-t-il en se remémorant les derniers instants de leur partie macabre. Sans se presser, il s'approcha de son jeu d'échecs, saisit le roi blanc et sourit.

M. Adler avait savouré sa victoire contre chacun, l'un après l'autre. Sans conteste, Leo Klein avait été son rival le plus faible. Conrad Braun s'était défendu jusqu'à la fin. « Ça a été une partie riche en émotions. » Soudain, un coup de tonnerre arracha M. Adler à ses sombres pensées et le ramena à la réalité. Il se concentra sur le jeune Vogler. « Que vais-je faire de toi, Erik ? Tu ne sais même pas jouer aux échecs », se lamenta-t-il. Secouant la tête, il enfila les gants. Il empocha le flacon de chloroforme et le mouchoir, puis, enfin, sortit du bureau sans regarder en arrière.

Erik, lui, s'était agenouillé dans le coin de sa chambre où il se sentait plus en sécurité. Il tenait le téléphone dans ses mains moites, mais ne savait que faire. Il avait renoncé à appeler son père. Inutile. Il avait préféré essayer plusieurs fois de joindre sa grand-mère, mais toutes ses tentatives s'étaient soldées par un échec. Il n'y avait personne à la maison de Grasberg. Il regretta amèrement de s'être enfui du village, d'être rentré à Brême seul, sans attendre l'arrivée de son père. « Si seulement j'étais resté chez elle… » se répétait-il, au désespoir.

Un coup de tonnerre retentit, non loin de là. Erik regarda la fenêtre de sa chambre et se souvint des paroles de son voisin, à travers la porte : « Tu aimes jouer, c'est ça ? On peut jouer… Je serai le roi blanc. »

Erik savait qu'il devait réagir avant qu'il ne soit trop tard ; aussi, malgré sa peur, il se décida à composer le numéro de la police. Mais juste à ce moment, il sursauta en entendant un bruit de verre brisé en provenance du salon.

Chapitre XXI

Berta Vogler se fâche

Albert Zimmer avait couru jusqu'à l'arrêt du car en partance pour Brême derrière le petit-fils de Berta. Malgré ses efforts, il ne parvint pas à le rejoindre à temps. Le chauffeur n'avait rien fait pour l'attendre, au contraire : il paraissait satisfait de l'avoir laissé derrière. Après avoir donné un coup de pied dans un banc en signe de protestation, Albert ne put que se résigner et constater que le car sortait de Grasberg, en direction de la ville.

Il se dit que cet Erik Vogler était décidément un type bien étrange et s'imagina la mine hébétée qu'il arborerait à son arrivée, quand il s'apercevrait qu'il avait perdu les clés de chez lui.

Songeur, Albert s'éloigna de l'arrêt. Il regardait le trousseau qu'il avait gardé dans la paume de sa main. Il se remémora la fuite effrénée d'Erik, accroché à son énorme valise. La façon dont, à un moment donné, les clés avaient volé dans les airs pour atterrir sur le sentier du parc. Il avait tenté de l'en avertir à plusieurs reprises en agitant les bras, mais Erik ne lui avait accordé aucune attention. « Quel taré, ce mec », pensa-t-il en traversant la rue et en rangeant le trousseau dans sa poche de pantalon.

Berta Vogler terminait de ranger la cuisine quand elle entendit frapper à la porte d'entrée. En l'ouvrant, elle découvrit le visiteur qu'elle attendait dans l'après-midi.

— Bonjour, Albert ! s'exclama-t-elle avec le sourire. Tu arrives à temps pour votre partie. Entre, ne reste pas là. Je vais appeler mon petit-fils pour qu'il descende, il doit sûrement être enfermé dans sa chambre, comme d'habitude.

— Justement, je venais vous parler d'Erik, l'arrêta l'adolescent en la prenant par le bras.

— Je sais bien, Albert, je sais bien. Il est un peu… Allons donc, je ne trouve pas le mot juste, reconnut-elle. Mais ce n'est pas un mauvais garçon.

— Il ne s'agit pas de ça, précisa-t-il. Je venais vous avertir que je viens de voir votre petit-fils partir dans le car pour Brême. J'ai essayé de lui parler, mais en me voyant, il s'est mis à courir et je n'ai pas pu le rattraper. Il avait un comportement vraiment bizarre. En plus, il a perdu ses clés dans le parc, ajouta Albert en lui montrant le trousseau.

— Mais qu'est-ce que tu me racontes ! se récria Berta, qui porta ses mains à son visage, faisant un effort pour assimiler ce que lui expliquait son nouveau voisin. Alors comme ça… conclut-elle en regardant l'escalier, Erik n'est pas dans sa chambre.

Albert fit un lent geste de dénégation de la tête, tout en lui remettant les clés perdues.

— Non, madame Vogler. Appelez-le si vous voulez, mais je suis sûr qu'il ne vous répondra pas. Il est en route pour Brême à l'heure où je vous parle. Il ne va pas tarder à y arriver, et il ne s'est même pas rendu compte qu'il n'avait plus ses clés.

— Je n'y crois pas ! J'ai pourtant dit à son père que ce n'était pas une bonne idée qu'il vienne à Grasberg, mais Frank a tellement insisté… Hier, j'ai demandé à Erik de ne plus sortir de la maison sans moi ! Tu crois qu'il m'aurait écoutée ? Mais non ! Monsieur repart pour Brême sans m'avertir. Quand je vais le retrouver, il aura de mes nouvelles ! Ça ne va pas se passer comme ça ! S'il pense que, cette fois aussi, il pourra filer à l'anglaise, il se trompe, mais alors, complètement ! Là, ça va être sa fête ! débita-t-elle d'une voix aiguë en cherchant son manteau, puis en s'enroulant une écharpe autour du cou d'un geste vif.

Les joues enflammées par la rage, elle proposa à Albert :

— Je vais prendre la fourgonnette, tu m'accompagnes ?

— Euh… d'accord.

CHAPITRE XXI

— Tu veux utiliser mon téléphone pour avertir tes parents ? demanda-t-elle avant de se mettre sur l'épaule un gigantesque sac à main.

— Non merci, j'ai mon portable. Je pourrai les appeler sur la route.

— Parfait. On va emporter un parapluie. Tu vas en trouver un ici, lui dit-elle en montrant le porte-parapluie à côté de la porte d'entrée. Plus tôt on partira, mieux ce sera.

Ensemble, ils se dirigèrent vers le garage, où Berta garait sa vieille fourgonnette, qui paraissait sur le point de se décomposer.

À l'intérieur de l'engin, on aurait pu récolter des champignons, des fruits des bois et toutes sortes de végétaux. Au fil des années, il s'était accumulé un substrat de terreau, de graines, d'herbes et de cailloux de différentes tailles. Pour cette raison, la grand-mère d'Erik portait des chaussures d'alpinisme chaque fois qu'elle devait conduire cette antiquité.

Avant de monter côté passager, Albert ôta la toile d'araignée collante qui s'était formée sur le rétroviseur droit. Ensuite, il actionna la poignée rouillée de la portière et entra dans la fourgonnette. Son siège était recouvert de paperasse, relevés bancaires, mouchoirs usagés, bouteilles en plastique vides, cassettes de musique d'une autre époque et une infinité d'objets inutiles.

— Excusez-moi, mais…

Il ne savait comment s'asseoir sur ce fatras.

— Jette tout par là et assieds-toi donc ! l'encouragea Berta, qui désigna l'arrière du véhicule tout en appuyant sur l'accélérateur.

— D'accord, d'accord, répondit l'adolescent, qui ouvrit un passage dans la jungle de vieilleries.

— Allez, dépêche !

Suivant les instructions de la grand-mère d'Erik, Albert libéra son siège du bazar, qu'il jeta à l'arrière pour le voir atterrir en divers endroits de la fourgonnette. Enfin, il attacha sa ceinture.

Le pot d'échappement avait commencé à émettre une série interminable de pétarades. C'est avec ce bruit de fond qu'ils entamèrent ensemble le trajet jusqu'à Brême.

Une pluie intense frappait le pare-brise et l'unique essuie-glace s'évertuait à laver la vitre. Pendant quelques minutes, Albert Zimmer ne cessa de se demander comment Berta s'y prenait pour distinguer la route à travers un tel rideau d'eau. Sans connaître ses pensées, la grand-mère d'Erik avançait la tête quasiment par-dessus le volant et battait tout juste des cils. Malgré son air empressé, il était certain que le véhicule ne dépassait pas les quarante kilomètres à l'heure.

Pendant que Berta Vogler s'obstinait à enfoncer la pédale d'accélérateur de son véhicule délabré et qu'Albert croisait les doigts pour qu'elle ne s'écarte pas de la route, Erik voyageait en écoutant de la musique sur son portable, dans un car à destination de Brême.

C'est pourquoi, quand environ une heure plus tard Erik appela désespérément chez sa grand-mère, il n'y avait personne là-bas qui puisse l'aider à se sortir du guêpier où il se trouvait.

Chapitre XXII

Dans le noir

En entendant le bris de verre en provenance de la terrasse attenante au salon, Erik comprit que sa vie était en danger.

Pendant un instant, il crut que son cœur s'était arrêté définitivement, et qu'il ne se remettrait jamais à battre. L'assassin de Brême venait d'entrer chez lui, et il allait être sa prochaine victime.

« Réfléchis, Erik, trouve quelque chose ! » se dit-il.

M. Adler avait réussi à entrer dans l'appartement des Vogler, en sautant du balcon de sa chambre à la terrasse de ses voisins. Ganté de cuir, le roi blanc détacha avec précaution quelques morceaux de verre pour ouvrir la baie vitrée. Enfin, il introduisit sa main droite par le trou et abaissa la targette de sécurité.

« Qu'est-ce que je peux faire ? Allez, Erik, Allez... Impossible d'arriver à la porte d'entrée sans me retrouver nez à nez avec lui ! » se disait-il, blotti dans sa cachette. Il se souvint avoir laissé les clés dans la serrure en arrivant. « Mais pourquoi j'ai fait ça ? » se lamenta-t-il intérieurement. Étant donné les circonstances, il était très risqué de courir jusqu'à la porte. C'était même une vraie folie. M. Adler l'attendait justement là, ses énormes mains tendues pour l'étrangler. Il était prêt à en finir avec lui en quelques secondes. Dans ce cas, s'il ne pouvait pas se diriger vers la seule sortie, comment s'échapper de son propre appartement ?

L'adolescent ouvrit un tiroir dans l'armoire de sa chambre. Il en sortit une petite caisse à outils, où il chercha un tournevis et les pinces qu'il y gardait. Il accrocha minutieusement le tournevis à la ceinture de son pantalon Passion et s'approcha du fil de sa lampe de chevet.

Pendant ce temps, les chaussures du voisin écrasaient les morceaux de verre éparpillés dans le salon.

— La partie commence, murmura-t-il en sortant son flacon et le mouchoir de sa poche.

Sans hésiter davantage, Erik serra avec énergie la pince pour couper le fil de la lampe afin de provoquer un court-circuit. Il pria pour que son plan fonctionne.

En effet, les fusibles sautèrent. Aussitôt, l'appartement se retrouva plongé dans le noir.

M. Adler s'immobilisa. Que s'était-il passé ? À tâtons, il trouva l'interrupteur du mur attenant à la terrasse. Il appuya dessus plusieurs fois, sans résultat. Perplexe, il marmonna dans sa barbe.

Erik s'était accroupi derrière son lit. Le portable tremblait dans ses mains. Il composa le numéro de la police. Une sonnerie, deux, trois… Sa respiration se faisait de plus en plus agitée. Les battements de son cœur résonnaient dans sa poitrine et il lui semblait qu'on les entendait dans toute la pièce. Soudain, alors qu'il désespérait, une voix féminine retentit à l'autre bout de la ligne :

— Vous êtes en contact avec la police de Brême.

— Mon voisin veut me tuer ! murmura-t-il en collant le portable à sa bouche.

— Calme-toi, petit, lui conseilla la policière. Tu nous appelles d'où ?

— Il est entré par la terrasse du salon ! poursuivit Erik, hystérique. Il a assassiné Sandra Nadel et les autres !

— Qui ça ?

— Conrad, Conrad Braun, et Leo Klein, aussi. J'ai vraiment peur, je ne sais pas quoi faire ! Vous devez m'aider !

— Donne-moi ton adresse, insista son interlocutrice.

Un éclair illumina l'appartement. Le roi blanc en profita pour avancer plus vite dans le salon. En silence, comme un gigantesque félin, il se dirigea vers l'entrée. Lentement, il tâtonna jusqu'à trouver les clés laissées dans la serrure.

— Le tour est joué ! s'exclama-t-il en rangeant le trousseau dans sa poche. Et maintenant, Erik, comment vas-tu t'échapper ? lança-t-il avec un sourire.

Il chercha le tableau électrique du logement, sur le mur du couloir de l'entrée. Il releva les manettes une à une, mais ne parvint pas à faire revenir la lumière. Il se mordit la lèvre inférieure de rage. La seule solution consistait à se rendre au sous-sol de l'immeuble. Une fois là, il lui faudrait aller aux compteurs et relancer le disjoncteur de l'appartement des Vogler. Mais le roi blanc n'avait pas le temps. Il devait attraper sa proie et cette situation inattendue ne faisait qu'augmenter sa colère. Pendant ce temps, l'orage, qui arrivait du nord, s'étendait sur Brême.

Sous cette pluie torrentielle, Berta distinguait à peine la route, et encore moins les panneaux indiquant les différentes entrées de la ville. Cela n'étonna donc pas Albert qu'elle finisse par se rendre l'évidence :

— On est perdus ! J'ai raté l'entrée de Brême ! Ça fait tellement longtemps que je ne suis pas venue…

— Ne vous en faites pas, vous pourrez prendre la prochaine sortie. Elle n'est pas loin, je vous le dirai à l'avance quand on s'approchera, lui conseilla Albert pour la tranquilliser.

— Mais je n'y vois rien ! pesta la vieille dame.

Au milieu du déluge, les phares de la fourgonnette éclairaient bien faiblement la voie où ils circulaient. Les autres véhicules les doublaient sans problème, faisant jaillir des geysers d'eau qui s'abattaient sur le pare-brise et rendaient la conduite encore plus difficile.

— Vous voulez que j'appelle Erik depuis mon portable ? proposa Albert en sortant son téléphone.

— Je ne connais pas son numéro par cœur, et je ne sais même plus où j'ai noté celui de son père, gémit Berta en se penchant encore plus en avant.

Soudain, son passager aperçut, derrière la pluie, le panneau qu'il attendait.

— C'est ici ! À droite ! Tournez, tournez ! Prenez cette sortie ! Là, à droite ! la supplia-t-il.

Constatant qu'elle ne réagissait pas à ses indications, il appuya ses paroles par des gestes.

— Par là ? demanda-t-elle, incertaine, en amorçant à peine un virage avec la fourgonnette.

— Mais oui, vite, on va la rater !

La grand-mère d'Erik donna un coup de volant au dernier moment. La camionnette qui les suivait klaxonna avec force. Par miracle, ils avaient réussi à emprunter la dernière bretelle menant au centreville. Albert poussa un soupir de soulagement et profita de ce répit pour appeler ses parents.

Chapitre XXIII

De plus en plus près

Dans l'obscurité, M. Adler parcourait le couloir de l'appartement sans faire de bruit. De sa main gauche, il frôlait le mur pour mieux s'orienter. Le corridor s'illumina une ou deux fois à cause des éclairs. La pluie avait beau continuer de tomber, l'appartement était toujours plongé dans un silence tendu. L'assassin de Brême avançait tout doucement, très vigilant, essayant de repérer le moindre bruit susceptible de lui indiquer la cachette de sa prochaine victime.

« Tu ne peux pas être bien loin », pensa-t-il tout en s'arrêtant à la première porte du couloir. Avec le plus de douceur possible, il tourna le bouton de la chambre de Frank Vogler pour l'inspecter par le menu. À peine entré, il s'assura qu'Erik ne s'était pas caché derrière la porte. Ensuite, il ouvrit avec lenteur l'armoire, et tâtonna sur les étagères et entre les vêtements. Mais sans résultat. M. Adler se baissa aussi pour regarder sous le grand lit. Au bout de quelques minutes, il conclut que le garçon n'était pas là. « Où diable es-tu allé te fourrer, Erik ? » demanda-t-il.

Il retourna dans le couloir. À ce moment, un coup de tonnerre résonna dans tout le logement. Le roi blanc ne se troubla pas. Les doigts contre le mur, il avança un peu plus. Par les portes ouvertes des différentes pièces, il distinguait quelques silhouettes, des ombres… Et malgré l'absence d'électricité, les lumières de la rue offraient une pénombre à laquelle ses yeux commençaient à s'accoutumer. Dans la main droite, il avait toujours, prêts à l'emploi, le chloroforme et le mouchoir utilisés avec ses précédentes victimes.

Cependant, en approchant de la salle de bains, M. Adler se sentit déraper de manière inévitable ; il tenta de s'agripper à l'encadrement de la porte, mais cela ne suffit pas. Sa chaussure glissa et ses jambes bien en chair quittèrent le sol. Il s'étala en avant de manière spectaculaire, produisant un bruit sourd en heurtant le parquet. Il laissa échapper son flacon, qui roula au sol. Le mouchoir atterrit tout près de lui.

Pendant quelques secondes, il ressentit une douleur aiguë dans le dos. Il lui était difficile de respirer et de bouger, car il était tombé de tout son long. Soudain, alors qu'il était toujours à plat ventre, un arôme de mandarine parvint jusqu'à ses narines. Il retira ses gants pour effleurer le sol des doigts. Quand il les approcha de son nez, ils étaient couverts d'un liquide visqueux : le gel douche d'Erik Vogler.

« Ça va te coûter très cher ! Tu le regretteras ! » se promit le meurtrier, en rage. Ce petit vaurien usait sa patience déjà peu développée. Il écoperait d'une mort douloureuse. Il pourrait le supplier, comme l'avaient fait les autres victimes, le roi blanc ne montrerait aucune compassion. Au contraire, il le ferait souffrir avant de l'achever, pour le punir de lui avoir résisté, d'avoir cru qu'il pourrait le vaincre. Il prendrait bien soin que personne ne puisse entendre ses cris.

M. Adler se releva un peu, non sans difficulté. À genoux, après plusieurs essais, il réussit à récupérer le flacon de chloroforme et le rangea dans sa poche avec le mouchoir. Aussi lentement que possible, il se mit debout et entra dans la salle de bains. Quasiment à l'aveugle, il trouva une paire de serviettes derrière la porte, et les utilisa pour essuyer le gel sur ses mains, ses gants de cuir, la semelle de ses chaussures et même sur ses manches et dans le dos du blouson qu'il avait enfilé. Ensuite, il lança la plus grande des serviettes sur le sol du couloir pour éviter de glisser une nouvelle fois.

L'assassin de Brême retourna dans le corridor, d'un pas plus prudent qu'auparavant. Il se méfiait d'Erik et de ce silence qui régnait. Il ouvrit la porte des toilettes. Pas de trace du petit Vogler à l'intérieur. « Il ne reste qu'une pièce », se dit le roi blanc en posant la main sur la poche où il avait glissé son matériel.

La chambre d'Erik était fermée, aussi M. Adler dut-il tourner la poignée et pousser le battant avec douceur. Il attendit quelques secondes avant d'entrer.

— Je sais que tu te caches ici… Tu ne peux pas sortir, Erik.

On n'entendait rien d'autre que le bruit de l'orage.

— Tu vas perdre la partie. Le roi blanc t'a acculé ! Pourquoi tu ne te rends pas ? Ça facilitera les choses…

La chambre restait plongée dans un silence absolu, rompu seulement par le martèlement de la pluie et les coups de tonnerre. Soudain, l'assassin repéra l'un des rideaux, qui semblait gonfler et se rétracter avec le vent. En effet, la baie vitrée de la chambre, qui donnait sur un petit balcon, était légèrement ouverte. L'œil aux aguets, le roi blanc se dirigea vers la baie vitrée. « Il aurait osé sauter de ce balcon ? » se demanda-t-il, agité, en préparant le flacon de chloroforme.

M. Adler s'approcha de la vitre et hésita un instant. « Où es-tu allé te fourrer, petit vaurien ? » se répétait-il en essayant de maîtriser sa colère, qui ne faisait que croître. Il ouvrit en grand et décida de se risquer sur le balcon. À peine y eut-il posé les pieds qu'Erik, qui s'était dissimulé entre le mur et l'armoire de la chambre, courut jusqu'à la baie. S'armant de courage, il la referma d'un coup et abaissa la targette. Presque au même moment, M. Adler tourna sur ses talons et découvrit son adversaire qui l'observait, épouvanté, de l'autre côté de la vitre.

L'espace d'un instant, un éclair illumina Adler, trempé par la pluie. Les yeux bleus de l'assassin se fixèrent sur le visage terrorisé d'Erik, à quelques centimètres de lui. Le garçon devait saisir cette occasion pour fuir.

Malgré la paralysie qui l'avait frappé quelques secondes en présence du meurtrier, il réussit à réagir et se mit à courir dans le couloir, en direction du salon. Il le traversa comme une flèche et, au passage, heurta une chaise qui tomba sur le tapis. Ensuite, il marcha sur les éclats de verre éparpillés près de l'accès à la terrasse.

Le cœur à la limite de l'explosion, il sortit sur celle-ci et regarda dans la rue. « Impossible, c'est trop haut », se dit-il tandis que l'eau lui ruisselait sur la tête et aplatissait ses cheveux. Dans ce cas, il ne lui restait d'autre solution que de sauter sur le balcon de M. Adler. Et il n'avait pas beaucoup de temps. Son voisin avait sûrement brisé d'un coup de poing la vitre de sa chambre, et il allait venir le chercher. Il s'agrippa donc à la rambarde et prit une grande inspiration. Du fait de la pluie, la barre métallique était particulièrement glissante.

Il pensa alors à son père et à sa grand-mère, à qui il n'avait pas dit au revoir, à la police, qui arriverait trop tard chez lui, au fait qu'il ne voulait pas mourir assassiné par un fou… Assailli par ces pensées, il passa cependant une jambe par-dessus la rambarde. Dans son mouvement, l'une de ses mains dérapa et, pendant un moment, il crut qu'il allait perdre l'équilibre. Il parvint à s'accrocher de nouveau, des deux mains. C'est alors qu'il entendit un bruit dans le salon et resta, une nouvelle fois, tétanisé par la peur.

Le roi blanc venait de se cogner dans la chaise renversée sur le tapis par Erik.

Le garçon déglutit et passa la seconde jambe. Il était de l'autre côté ! À cet instant, il sentit la main de son voisin sur son bras. Il l'avait attrapé par le pull. Erik tenta de se libérer des doigts qui le retenaient d'une poigne d'acier. De toutes ses forces, il s'élança en avant. La main d'Adler glissa sur la manche du vêtement et s'accrocha, du bout des doigts, à son extrémité. Voyant que le roi blanc n'avait pas l'intention de le lâcher, Erik dut se résoudre à passer la tête dans l'encolure pour s'en débarrasser, ce qui laissa son voisin avec le pull entre les mains, mais sans sa proie. Dans sa chemise de soie, Erik courut jusqu'à la porte de la terrasse du voisin, restée ouverte. Tandis que le roi blanc s'apprêtait à franchir la barrière de séparation entre la terrasse et le balcon, Erik ferma la baie vitrée dans l'idée de gagner du temps. Il devait courir jusqu'à la porte du logement s'il voulait s'en sortir en vie. S'il parvenait à s'échapper de l'immeuble, il aurait la possibilité de fuir ce cauchemar.

À ce moment, dans la chambre d'Erik, son portable recevait un message de son père :

Tout va bien à Grasberg ? Je prends l'avion pour Brême demain. Sois gentil avec mamie. À dimanche, bises.

Chapitre XXIV

Le dernier verrou

Cela faisait plusieurs années que Berta Vogler n'avait pas conduit dans Brême. Elle préférait prendre le car depuis Grasberg et se faire récupérer par Frank, plutôt que de s'aventurer dans les rues du centre avec sa fourgonnette. L'orage et l'obscurité ne l'aidaient pas à s'orienter, et malgré les efforts d'Albert Zimmer, ils ne réussissaient pas à trouver la rue où vivaient Frank et son fils. Pire que tout, ils empruntèrent une voie où un petit accrochage venait de se produire entre une voiture et une moto, ce qui avait immobilisé le trafic.

— Et un accident, par-dessus le marché ! protesta Berta, qui profita de la pause pour désembuer les vitres à l'aide d'un vieux chiffon. On est loin, Albert ?

— Je ne crois pas. De toute façon, je vais activer la fonction GPS de mon portable. Comme ça, je pourrai vous indiquer la direction exacte.

— Tu dois savoir… Je me repose sur toi, parce que là, je suis complètement perdue. C'est par manque d'habitude, et d'attention, aussi. C'est toujours mon fils qui vient me chercher en voiture à la descente du car, ou alors je prends un bus de la ville… mais je ne retiens pas les noms des rues et je ne me repère pas.

— Au feu suivant, signala Albert en regardant avec attention l'écran de son portable, il va falloir prendre à droite. Comme ça, on contournera l'embouteillage et on arrivera plus vite.

— D'accord.

Regardant la pluie qui glissait sur le pare-brise, elle se demanda à voix haute :

— Va savoir ce que fait Erik. Il doit attendre sur le perron ou dans la cage d'escalier, avec l'air perdu… J'espère qu'il ne va pas nous piquer une crise, en tout cas. Il a sans doute appelé chez moi, et il aura peut-être eu son père…

— Et s'il était allé se réfugier chez un copain ? suggéra Albert.

— Un copain ? répéta Berta. Mon petit-fils n'est pas… sociable, dirons-nous, tu as bien vu. Il a des connaissances de lycée, mais des amis, je ne lui en connais aucun.

— Bon sang, je n'ai plus de réseau ! râla Albert.

— Ah, tu vois ! Ces petits gadgets, en fin de compte, ça ne sert à rien. Ils vous lâchent au pire moment, conclut la grand-mère, qui ne démordait pas de son hostilité envers les nouvelles technologies.

Pendant que Berta et Albert tentaient de s'extirper des encombrements, Erik courait avec la dernière énergie jusqu'à la porte d'entrée de chez M. Adler. Son voisin avait brisé d'un coup de poing la vitre de sa chambre et essayait de remonter la targette à grands gestes rageurs. Quand l'adolescent arriva dans le vestibule, il alluma le plafonnier et rencontra une surprise désagréable. Par mesure de sécurité, deux vieux verrous à l'ancienne barraient la porte, ainsi qu'une chaîne.

Dans un effort pour canaliser son angoisse, Erik ouvrit le premier verrou, qui était le plus en hauteur. Il porta ensuite son regard sur la chaîne. Les doigts tremblants, il mit un petit moment à la faire coulisser sur la droite. Dans ce laps de temps, M. Adler avait traversé son salon. Ses pas résonnaient avec force, plus près, toujours plus près…

« Le dernier verrou ! Allez, vite ! » s'encouragea Erik, en s'efforçant de le décoincer. C'est alors que la gigantesque main de l'assassin de Brême s'écrasa sur la porte pour l'en empêcher.

— Tu crois aller où, comme ça ? Tu es fait comme un rat ! cria-t-il dans le dos de sa victime.

Les lèvres du meurtrier dessinèrent un sourire triomphant. Il tenait le mouchoir imprégné de chloroforme.

— Tu ne peux pas t'échapper, Erik ! Désormais, personne ne peut t'aider, tu es seul ! Tu as perdu. Échec et mat ! conclut M. Adler en levant le bras pour immobiliser sa proie.

La respiration entrecoupée, Erik tâta sa ceinture et, sans prononcer un mot, sortit le tournevis. Il prit le manche de l'outil entre ses doigts moites. « Allez, il faut foncer, Erik ! Si tu ne le fais pas, tu vas mourir ! » s'intima-t-il pour s'insuffler encore du courage. Il pivota sur lui-même et enfonça de toutes ses forces la pointe de métal dans la cuisse de M. Adler, jusqu'à pénétrer profondément dans sa chair.

Surpris par ce geste inattendu, l'assassin lança un hurlement de douleur et porta les mains au manche de l'outil. Il s'éloigna un peu du garçon pour retirer le tournevis couvert de sang. Erik, lui, regardait avec effroi la scène qu'il avait causée.

Adler étouffa un autre cri et serra les dents. Il laissa tomber l'outil à terre et posa la paume de sa main sur la blessure pour contenir l'hémorragie. Le sang se répandait sur son pantalon. Erik profita de ce moment pour affronter à nouveau le dernier verrou qui l'empêchait de fuir. Malgré sa panique, il parvint à déloger la barre de métal, à l'instant même où M. Adler s'approchait pour lui avancer le mouchoir sous le nez… Le garçon se retourna et lutta pour en éloigner son visage. Malgré ses efforts, le chloroforme ne tarda pas à faire effet.

Quelques secondes plus tard, ses jambes flageolèrent et il finit par s'évanouir.

Le roi blanc tira le corps d'Erik à l'intérieur de l'appartement. Il entra dans la salle de bains et ouvrit l'armoire à pharmacie. Non sans quelques grognements de douleur, il déchira le pantalon autour de l'entaille et utilisa plusieurs compresses pour contenir le flot de sang. Enfin, à l'aide de pansements et de sparadrap, il recouvrit le trou fait par le tournevis.

Chapitre XXV

À la recherche d'Erik

Berta Vogler s'attendait à trouver son petit-fils dans la cage d'escalier de son immeuble. Elle fut donc surprise de ne pas l'apercevoir là, la mine défaite, assis à côté de son énorme valise comme un chien abandonné. Où était-il, dans ce cas ?

Albert monta les marches derrière elle. Ils avaient réussi à sortir de l'embouteillage, et à l'aide du GPS, ils avaient localisé sans encombre la rue des Vogler. Ils étaient tous deux arrivés au premier étage, passant devant la porte de M. Adler sans soupçonner ce qui se tramait de l'autre côté.

— C'est ici, indiqua Berta.

Comme elle s'apprêtait à introduire la clé dans la serrure, tous deux entendirent le début d'un morceau de musique en provenance du logement voisin. Berta reconnut aussitôt le quatuor de Schubert, *La Jeune Fille et la Mort*. Pendant quelques secondes, elle resta très silencieuse ; à côté, les notes continuaient de s'enchaîner. C'était une coïncidence inquiétante qu'elle entende cet air en deux lieux différents à si peu d'intervalle.

— Je vous aide à ouvrir ? proposa Albert en voyant qu'elle restait dans ses pensées.

— Hein ? Non, non, merci, Albert. Je vais le faire. Voilà, c'est bon !

Le premier élément qui les alerta fut l'obscurité dans laquelle l'appartement resta plongé quand ils appuyèrent sur l'interrupteur de l'entrée. Ensuite, la grand-mère d'Erik découvrit un objet inattendu dans le couloir.

— La valise de mon petit-fils ! annonça-t-elle après s'être cogné le genou et avoir tâté le haut de l'inimitable Chantel.

Elle baissa la voix et s'adressa à Albert :

— Erik n'abandonnerait jamais sa valise ainsi en plein passage, ça ne lui ressemble pas. Et qu'est-ce que c'est que cette serviette, par terre ? Il se passe quelque chose de très étrange, j'en suis certaine. Trop de silence…

— Je suis d'accord, entre l'obscurité et le silence, c'est très bizarre.

— Viens, approche-toi, fit-elle en tirant Albert par le bras. Aide-moi à faire de la lumière. Les plombs doivent avoir sauté.

— C'est bon, laissez-moi essayer, suggéra-t-il en entendant claquer les manettes du tableau, que Berta actionnait avec une grande nervosité.

Comme M. Adler plus tôt, ils n'obtinrent aucun résultat. Ils se décidèrent finalement à poursuivre leur recherche dans le noir.

— Attention, Albert ! Je n'y vois presque rien… murmura Berta, qui se plaça derrière le garçon pendant qu'ils ouvraient la porte du salon.

Ce qu'ils y découvrirent, à la lueur des lampadaires de la rue, les alarma encore plus : des éclats de verre partout sur le tapis, une chaise renversée sur le sol, la baie vitrée brisée et grande ouverte… et puis un silence perturbant, rythmé seulement par les gouttes d'eau sur les fenêtres et les toits.

— Qu'est-ce qui s'est passé ici ? demanda Albert à voix basse, exprimant ce que pensait Berta.

Qu'était-il arrivé dans cet appartement ? Se guidant à la lumière de la rue, ils traversèrent le salon en marchant sur du verre. Le cœur de la vieille femme battait à tout rompre. Qu'était-il advenu de son petit-fils ? S'il s'était produit quelque chose d'irréparable, elle ne se le pardonnerait jamais.

Albert Zimmer fut le premier à sortir sur la terrasse. Là, il trouva le pull d'Erik, laissé par M. Adler dans sa poursuite. Il le souleva par une des manches, sous le regard préoccupé de Berta, qui n'avait plus aucun doute. Son petit-fils était en danger. Elle souhaitait masquer son angoisse, mais ne put éviter un geste de nervosité, à l'image de l'expression sur son visage.

La mine grave, Albert abandonna le pull d'Erik sur le dossier d'une chaise de la terrasse. Sans échanger un mot, ils s'avancèrent tous deux contre la rambarde pour regarder en bas. Pendant un instant, ils inspectèrent la rue en craignant le pire. Ne voyant pas Erik étendu sur le trottoir, ils respirèrent, soulagés. Mais alors, où s'était-il évaporé ?

Ils étaient sur le point de retourner à l'intérieur, quand Berta se pencha vers le balcon du voisin. Quelques secondes plus tard, elle invita Albert d'un geste à l'imiter. Le garçon se haussa sur la pointe des pieds pour regarder par-dessus sa tête : la baie vitrée du voisin était en miettes, et également ouverte. Un rideau les empêchait d'examiner l'intérieur de l'appartement.

— J'appelle tout de suite la police ! s'exclama Berta avec détermination.

Maîtrisant ses nerfs, Albert sortit son téléphone portable, composa le numéro et tendit l'appareil à Berta. Quand elle se mit à expliquer ce qui se passait, une voix féminine l'interrompit avec calme :

— Nous avons déjà envoyé un véhicule à cette adresse. Ne vous inquiétez pas, ils vont arriver. Votre petit-fils nous a appelés il y a quelques minutes.

— Mais vous ne comprenez pas ! Il a disparu, et chez le voisin aussi, la vitre a été cassée !

— Calmez-vous et attendez la venue des agents. Ils ne vont pas tarder, je vous assure. D'ici là, je vous demande d'avoir un peu de patience, insista la policière.

— Un peu de patience ? s'insurgea Berta, qui raccrocha avant de rendre le téléphone à Albert.

S'accrochant à la rambarde, elle le regarda dans les yeux et lui demanda :

— Tu oserais sauter pour aller voir de l'autre côté ?

Le garçon acquiesça.

— Eh bien, moi aussi ! affirma Berta, qui passa une chaussure d'alpinisme par-dessus la barre de métal qui séparait la terrasse du balcon.

Chapitre XXVI

Seul avec l'assassin de Brême

Berta fut la première à entrer dans l'appartement du voisin. Avec précaution, elle entrouvrit le rideau et s'introduisit entre les meubles de la chambre, s'efforçant de ne pas faire de bruit. Juste derrière, Albert la suivait en imitant sa démarche. La mélodie qu'ils entendaient provenait d'une des pièces donnant sur le couloir. Sans un mot, le garçon fit un geste à Berta pour lui montrer qu'il allait passer par le corridor, dans l'intention de trouver la source de la musique. La grand-mère d'Erik fit un signe d'assentiment.

L'appartement restait plongé dans l'obscurité, à l'exception d'une pièce, tout au bout du couloir. La porte était fermée, mais on distinguait au bas un rai de lumière faiblarde. Pendant qu'Albert avançait par là, Berta s'aventura vers la cuisine. Sans allumer, elle se déplaça entre les meubles de bois, les appareils électroménagers et une petite surface de marbre qui servait de comptoir.

Pendant ce temps, le disque de *La Jeune Fille et la Mort* tournait toujours. Albert se déplaçait très lentement. Un ou deux mètres seulement le séparaient de la porte du bureau. Au bout de quelques pas, il posa la main sur la poignée. Il la tourna avec autant de douceur que possible, puis poussa légèrement le battant.

De l'intérieur de la pièce se déversèrent les notes des violons de Schubert. Ne parvenant pas à voir ce qui se passait, Albert dut ouvrir un peu plus la porte. Là, il resta paralysé.

Inanimé, Erik était étendu sur une étroite table rectangulaire, ligoté et bâillonné. Sur le mur où était appuyée la table, le voisin avait accroché un immense panneau de liège qu'il avait utilisé ces derniers mois. D'un rapide coup d'œil, Albert découvrit des photos des jeunes assassinés.

Certaines d'entre elles provenaient des journaux qui avaient relaté la nouvelle de leur mort ou de leur disparition ; d'autres, de revues ; et plusieurs semblaient avoir été prises par M. Adler lui-même. Ces dernières, en couleurs, montraient par exemple Conrad Braun et Sandra Nadel, devant la bibliothèque de Brême. Sur une autre, Leo Klein se promenait avec ses amis dans le parc Bürger. Et l'une des plus grandes montrait… Albert en personne, qui marchait dans le centre-ville. À se voir repéré par l'assassin, le garçon ne put retenir un cri, et il fit volte-face pour sortir en courant de la pièce. Il ne s'était pas rendu compte que le roi blanc l'attendait dans le couloir, et dans sa tentative de fuite, il lui rentra dedans.

— Mais quelle surprise, Albert Zimmer chez moi ! Je n'arrive pas à y croire… Je ne te savais pas à Brême. J'avais perdu ta piste, et je n'avais aucune idée d'où tu t'étais caché, avoua M. Adler sans lâcher sa proie.

Entre eux débuta alors une violente confrontation. Avançant dans la pièce, l'assassin de Brême tenta d'approcher le mouchoir imprégné du visage d'Albert, mais celui-ci lança sa main avec force et le tissu vola aux pieds d'Erik, toujours endormi.

En dépit de la corpulence de M. Adler, Albert remarqua la blessure de l'homme à la cuisse et, se retournant entre les bras qui essayaient de l'attraper, il lui décocha un grand coup de pied dans la jambe. Le roi blanc poussa un cri de douleur et relâcha son adversaire. Le sang s'échappait à nouveau sur son pantalon. Albert se laissa distraire par la contemplation du liquide rouge, ce dont Adler profita pour se placer devant la porte. Il devenait impossible de s'enfuir de cette pièce.

Sans trop savoir quoi faire, Albert s'était mis au centre du bureau. Il tenta de feinter des départs d'un côté, puis de l'autre, pour tromper l'assassin et s'échapper. Mais l'autre ne tomba pas dans le piège et s'élança vers lui. Ils tombèrent lourdement au sol.

Pendant ce temps, un filet de salive transparente coulait de la bouche ouverte d'Erik, qui n'avait aucunement conscience de tout ce qui se passait à côté de lui.

Albert et le roi blanc roulèrent au sol. M. Adler, tenant sa nouvelle victime par les poignets, essaya de l'immobiliser. Le garçon ne put se soustraire au poids imposant du meurtrier. M. Adler lui envoya alors un direct en pleine figure qui le laissa étourdi quelques instants. Après, il mit à profit son avantage en attrapant sur la table le couteau prévu pour Erik. Avec un sourire machiavélique, il observa sa proie. Albert rouvrit les yeux et découvrit l'arme dans les mains de l'homme.

À l'instant précis où le couteau s'apprêtait à plonger dans son torse, Albert agrippa des deux mains les poignets de l'assassin pour le freiner. Pendant quelques secondes, il lutta de toutes ses forces pour éloigner le couteau de lui. Le regard froid d'Adler semblait indiquer qu'il savourait ce moment.

Alors que la pointe de l'arme arrivait de nouveau à quelques centimètres de la poitrine du malheureux, Berta Vogler entra discrètement dans la pièce. Elle se plaça juste derrière le criminel et, sans hésiter, lui assena un grand coup de poêle à frire sur la tête.

L'assassin de Brême tomba à terre, inconscient. Il s'affaissa à moitié sur Albert, qui se dégagea aussi vite qu'il put.

— Tu vas bien ? lui demanda Berta en l'aidant à se relever.

— Oui, c'est bon, je n'ai rien.

— Erik ! s'écria alors Berta, qui passa par-dessus le corps de l'homme évanoui pour se diriger vers son petit-fils. Erik, tu m'entends ? insista-t-elle en prenant sa tête entre ses mains pour lui ôter le bâillon.

— Il a dû l'endormir avec du chloroforme, c'est ce qu'il a essayé de me faire, lui expliqua Albert. On devrait l'attacher. Il vaut mieux éviter de courir plus de risques avant l'arrivée de la police.

— Bonne idée, répondit la grand-mère en dénouant les cordes aux poignets de son petit-fils. Tu n'as qu'à les lui mettre. Ligote-le aussi serré que possible.

Berta répéta l'opération avec les liens attachés aux pieds d'Erik, et les passa à Albert, pour qu'il termine d'immobiliser M. Adler. Pendant ce temps, le disque de Schubert tournait toujours.

— Erik, Erik, réveille-toi ! Allez, réveille-toi ! cria sa grand-mère en le secouant par sa chemise de soie.

Elle y mit tant d'énergie qu'elle resta avec un morceau de tissu dans la main, pendant que le dos de son petit-fils retombait d'un coup sec sur la table.

— Attendez peut-être un peu pour le ranimer…

— Erik, c'est moi, c'est mamie ! persista-t-elle, sans écouter le conseil d'Albert, donnant quelques tapes sur les joues de son petit-fils.

CHAPITRE XXVI

Cinq gifles plus tard, le garçon essaya d'ouvrir les yeux et balbutia quelques borborygmes incompréhensibles. Malgré l'effet du chloroforme, il distingua la chevelure blanche et hirsute de sa grand-mère qui lui tombait dessus. À côté d'elle, Albert souriait, laissant entrevoir ses canines effilées et excessivement longues qui lui avaient toujours donné des complexes.

Chapitre XXVII

Retour à la maison

Frank Vogler arriva à l'aéroport de Brême samedi soir, comme prévu. Il prit un taxi qui le ramena chez lui. Pendant qu'il payait le chauffeur, il s'aperçut que deux voitures de police étaient garées devant son immeuble. Un agent descendait l'escalier du perron. Un peu inquiet, le père d'Erik s'avança et demanda au policier :

— Bonsoir, je vis ici. Il s'est passé quelque chose ?

Surpris par la question, l'autre s'immobilisa sur la dernière marche et répondit :

— Vous n'avez pas écouté les informations ? On n'arrête pas d'en parler depuis hier soir ! Ça passe sur toutes les chaînes de télé et toutes les stations de radio.

— Désolé, je n'en savais rien, s'excusa Frank. J'arrive de New York. Je sors de l'aéroport et je ne suis au courant de rien.

— Hier, nous avons arrêté l'assassin présumé de Sandra Nadel et des deux autres jeunes disparus de Brême, expliqua l'agent posément.

— D'accord, mais je ne vois pas le rapport avec l'immeuble où je vis.

— Votre voisin, Herman Adler, est le coupable supposé des crimes, répondit l'agent, toujours impassible.

Consultant un carnet qu'il avait à la main, il lui demanda :

— Vous êtes Frank Vogler ?

— Oui.

— Il y a des agents qui vous attendent chez vous, avec votre mère et votre fils Erik.

— Ma mère et mon fils ? répéta Frank, abasourdi. Mais non, ils sont à Grasberg… Il leur est arrivé quelque chose ? demanda-t-il, alarmé.

— Ne vous en faites pas, monsieur Vogler, ils vont très bien tous les deux. Mais vous feriez mieux d'entrer, et on vous expliquera tout, lui conseilla le policier en fermant son carnet, avant de descendre la dernière marche qui le séparait du trottoir. Mes collègues les surveillent et vous donneront plus de détails. Bonne soirée.

— Euh, bonne soirée, parvint à répondre Frank, qui essayait de digérer cette nouvelle incroyable.

Quand il ouvrit la porte de l'appartement, il trouva deux agents, un homme et une femme, assis comme sa mère sur le canapé et les fauteuils du salon.

— Où est Erik ? demanda-t-il aussitôt.

— Il dort dans sa chambre. Il avait besoin de se reposer, expliqua la policière.

— Je veux savoir ce qui s'est passé ici ! exigea Frank en regardant sa mère. Qu'est-ce que vous faites à Brême ? Vous deviez rester à Grasberg jusqu'à demain matin ! On n'avait pas dit que je venais chercher Erik ?

— Calmez-vous, l'interrompit le second policier. Nous allons tout vous expliquer. Ce serait préférable de vous asseoir…

Pendant que Frank écoutait, les yeux ronds comme des soucoupes, le récit des deux agents, ponctué d'interventions pertinentes de Berta, son fils dormait sous la couette qui lui avait tant manqué à Grasberg. Pour qu'il puisse trouver le sommeil, on lui avait administré un calmant. Pendant toute la journée, Erik avait dû répondre aux questions de la police et raconter en détail tous les événements de la veille, depuis son entrée dans l'appartement de M. Adler, jusqu'au moment où il avait perdu connaissance à cause du chloroforme.

Il s'était bien gardé d'expliquer comment il avait découvert que son voisin était l'assassin de Brême. Il ne comptait pas non plus révéler, ni aux policiers ni à sa famille, que le fantôme de Sandra Nadel lui avait rendu visite pendant ses vacances à Grasberg. Tout le monde aurait pensé qu'il délirait. Qui l'aurait cru ? Albert et Berta durent également faire une déposition et décrivirent ce qu'ils avaient vu chez les Vogler, et leurs agissements dans l'appartement voisin.

Une semaine après l'arrestation d'Adler, Erik sonna à la porte d'Ursula Rohmer. Vêtu de noir, il avait les cheveux soigneusement enduits de gel et portait de nouvelles chaussures, des Zafirelli en cuir en remplacement des pauvres Lombartini soumises à rude épreuve. En effet, sa voisine du dessus lui avait appris qu'on donnait une cérémonie commémorative en mémoire de Sandra Nadel, et il avait décidé d'y assister avec elle.

Une fois la liturgie terminée, il rencontra Albert, qui l'avait attendu à la porte de l'église pour le saluer et prendre de ses nouvelles.

— Salut, Vogler. Je n'aurais pas cru te voir ici. Tu connaissais Sandra ?

— Je l'ai vue une fois ou deux, mentit Erik en restant vague, tout en ajustant le nœud de sa cravate. Et toi, qu'est-ce que tu fais à Brême ? l'interrogea-t-il pour changer de sujet.

— Je suis revenu ici avec mes parents. J'ai retrouvé le lycée et le club d'échecs. Quand tu veux, on peut faire une autre partie, mais sans ta grand-mère, suggéra-t-il.

Même s'il n'accepta pas tout de suite de jouer la revanche, Erik se força à produire un sourire. Albert était infatigable, et il était toujours aussi mystérieux. Il lui dit au revoir sans même lui serrer la main, cette main bleuâtre et glacée. Il évita également son regard dérangeant pendant qu'il rejoignait la vieille Mme Rohmer. Il prit brièvement congé de sa voisine, entourée d'un groupe d'amies tout en noir qui l'avaient attendue sur le parvis. Enfin, Erik boutonna son manteau jusqu'en haut, se mit un foulard de cachemire autour du cou, et entreprit de retourner chez lui.

Erik Vogler ne revit pas le fantôme de Sandra Nadel, ni à Brême, ni lors de sa visite suivante à Grasberg, quelque temps après. Ce week-end-là, il exigea de dormir avec son père, et dans une autre chambre que celle qu'il avait occupée la dernière fois. Malgré tout, il passa la plus grande partie de la nuit à regarder du coin de l'œil la porte-fenêtre du balcon. Il ne réussit à trouver le sommeil qu'après quatre heures du matin.

Herman Adler, pour sa part, fut incarcéré dans l'attente de son jugement pour la mort de Conrad Braun, Leo Klein et Sandra Nadel, la séquestration d'Erik Vogler et la tentative de meurtre sur Albert Zimmer. Depuis la prison de Brême, le roi blanc se demanda plus d'une fois comment les vers de Goethe avaient atterri dans le manteau de son voisin, et pourquoi le fils de Frank Vogler l'avait suspecté ce soir-là. Si on y réfléchissait, il n'avait fait que lui préparer une infusion et passer un disque de Schubert…

PAPIER À BASE DE FIBRES CERTIFIÉES

hachette s'engage pour l'environnement en réduisant l'empreinte carbone de ses livres. Celle de cet exemplaire est de : **700** g éq. CO_2
Rendez-vous sur www.hachette-durable.fr

« Pour l'éditeur, le principe est d'utiliser des papiers composés de fibres naturelles, renouvelables, recyclables et fabriquées à partir de bois issus de fôrets qui adoptent un système d'aménagement durable. En outre, l'éditeur attend de ses fournisseurs de papier qu'ils s'inscrivent dans une démarche de certification environnementale reconnue. »

Composition Nord Compo

Imprimé en Espagne par RODESA
Dépot légal 1re publication : mai 2016
74.2237.9 – ISBN 978-2-01-393137-3
Edition 01 : mai 2016

Loi n°49-956 du 16 juillet 1949
sur les publications destinées à la jeunesse.